TEMPESTA DI SABBIA

MICHAEL R. STERN

Traduzione di
STEFANO PINTUS

COSA DICONO I LETTORI...

IL PORTALE DELLE TEMPESTE

"Devo dire che è stato avvincente."

"La scrittura è scorrevole e semplice. L'ho letto facendo delle lunghe tirate perché volevo sempre scoprire cosa sarebbe successo in seguito."

"È una lettura piacevole e divertente, man mano che si dipana il mistero assieme a Fritz e ai suoi amici."

"Se sei un fan dei viaggi nel tempo, penso che ti piacerà il Portale delle Tempeste."

"È passato un bel po' dall'ultima volta che ho letto un libro così velocemente (in due giorni), ma questa era una storia avvincente che non riuscivo a mettere da parte. Il finale non mi ha deluso."

Tempesta Di Sabbia

"In breve, tutti gli elementi che hanno reso il primo libro così piacevole da leggere sono presenti anche in questo. Ne vogliamo ancora, per favore!!!"

"È una serie di allegre avventure perché, malgrado tratti argomenti piuttosto importanti, sei sicuro che alla fine ti piacerà la piega che prenderà il libro."

"Non vedo l'ora che esca il prossimo libro e consiglio vivamente questa serie a chi è stanco dell'oscurità e della violenza gratuita che sembrano essere così diffuse al giorno d'oggi."

"Una divertente avventura di viaggi nel tempo; la consiglio a tutti."

"Siate pronti a farvi intrattenere in un modo nuovo di zecca!"

A Linda

RINGRAZIAMENTI

Spesso è sufficiente un grazie a coloro che rendono un progetto come TEMPESTA DI SABBIA una realtà. Ancor più spesso, un grazie non è per niente sufficiente.

La mia più profonda gratitudine va alla mia redattrice, maestra, paroliera e tessitrice di idee, Amy E. Davis del Riverfog Writers Group, per la sua pazienza e guida durante la mia crescita come scrittore. È incomparabile.

A mia figlia, Amanda, la cui franchezza nella critica ha prodotto una storia nuova di zecca. Spero che il prodotto finale ti renda orgogliosa.

Al mio amico, il dottor Rick Mauriello, per aver accettato di essere tormentato dalle mie domande sulla medicina. Spero di aver capito bene.

A Jack Parry della Parry Design, per la sua eccellente grafica di copertina. Attendo con impazienza le prossime.

Ai miei lettori, grazie per il vostro sostegno e incoraggiamento. Spero di non deludervi mai.

Ho un ulteriore ringraziamento speciale per un mondo di professionisti che dedicano più tempo di quanto noi potremmo immaginare e più sforzi di quanti potremmo apprezzare. Gli insegnanti sono il cuore della mia storia e sono importanti per tutti noi, ben più di quanto crediamo.

Russ Fritz, grazie per il primo viaggio nell'immaginazione scritta. Gil Ashley, grazie per aver reso divertente l'apprendimento.

Infine, ultima ma non meno importante, grazie a mia moglie Linda, che mi ha permesso di abbandonare praticamente tutto il resto per cercare di diventare un bravo scrittore.

CAPITOLO UNO

"STAI DICENDO A ME che il mondo è un posto pericoloso? A me?" La nobile arroganza di quell'uomo aggredì il telefono. "Hai continuato a fare ciò che vuoi perché il mondo continua ad essere un posto pericoloso." Di fronte alla finestra, col Monumento a Washington sullo sfondo, compianse quelle piccole persone visibili laggiù, che si affrettavano ad andare da un posto all'altro. *Come se fossero importanti.* "Dobbiamo procedere con cautela", disse in tono più calmo. "Non sapendo cosa sanno loro, non possiamo permettere a ciò che noi sappiamo di renderci imprudenti."

L'uomo si sedette alla scrivania in mogano del suo ufficio elegantemente decorato. Fotografie che lo ritraevano con l'elite al potere di un'intera generazione ricoprivano le pareti. L'uomo dai capelli grigi, vestito in modo impeccabile con un gessato grigio di Savile Row, si tolse le scarpe. I mocassini di vitello presero aria, mentre le sue dita dei piedi accarezzavano l'elegante tappeto.

Passò il telefono all'altro orecchio. "Non m'importa quanto costerà. Il risultato ne varrà la pena molte volte. Dobbiamo coinvolgere gli Arabi, quindi prova con gli eledoriani. Sono già sospettati. Conosci il resto. Preparali. Lo sapremo al momento giusto."

ALLE QUATTRO E TRENTA, due Suburban neri accostarono di fronte alla casa dei Russell. Fritz li aspettava e uscì per incontrare il presidente. Dalle auto uscirono più persone di quante se ne aspettasse. Era venuta anche la First Lady, come aveva fatto in primavera. Il presidente presentò gli altri. Fritz salutò Tom Andrews, il capo della squadra dei servizi segreti del presidente, e l'agente James Williams, poi vide Mel Zack, ancora al posto di guida del secondo Suburban.

Il presidente disse: "Tom porterà la squadra al The Mill per predisporre la sicurezza per quando andremo a cena. Torneranno più tardi." Sebbene fosse in una condizione di inferiorità, non solo numerica, Fritz non permise che quella compagnia influenzasse la sua decisione.

Una giovane donna attraente con un look malizioso esaminò l'auto di Ashley. "Bella macchina", disse il presidente. "La bambina di Ash?" Fritz annuì.

La moglie di Fritz, Linda, e il suo amico e collega, Ashley Gilbert, apparvero sul pianerottolo. Ashley spalancò gli occhi, tossì e si è schiarì la gola, quando venne presentato alla dottoressa Jane Barclay dal Dipartimento della Sicurezza Nazionale.

"Oh, oh", sussurrò Fritz a Linda.

"Già", sussurrò lei in risposta.

Fritz invitò i suoi ospiti ad entrare in soggiorno. Il sole del tardo pomeriggio si rifletteva sulla TV a schermo piatto attaccata al muro. Ashley portò delle sedie in più dalla sala da pranzo e si assicurò un posto da cui poter tenere d'occhio la dottoressa Barclay. Avendo conquistato quel posto, andò ad aiutare Linda a portare da mangiare.

Mentre gli altri prendevano posto, Fritz e il presidente portarono due delle sedie della sala da pranzo al centro della stanza, una di fronte all'altra. "Fritz, ho portato alcune delle persone più coinvolte nella protezione del paese", disse il presidente. "Sanno cosa hai fatto la scorsa primavera. Sanno anche del portale. Questo incontro è top secret, ovviamente."

Fritz annuì a tutti i consiglieri del presidente. "Cos'ha in mente?"

Il presidente disse: "Intendi dire, cosa voglio?"

"Stavo cercando di essere cortese, ma sì, cosa vuole da me stavolta?"

"Fritz, i nariani hanno completato il loro progetto nucleare. Dimentica ciò che dicono, è un programma di armamenti. Sto parlando di una minaccia nucleare imminente e loro sono già alle griglie di partenza. Israele sta valutando le sue opzioni. Stiamo facendo tutto il possibile per trattenere gli israeliani, ma non so per quanto tempo ci riusciremo."

"Cosa vuole che faccia?"

"Noi", indicò i suoi consiglieri, "abbiamo parlato dei possibili scenari in cui il tuo aiuto potrebbe essere, beh, utile. So che sei titubante, ma nessun altro può attivare i viaggi attraverso il tempo e lo spazio. Nessun altro può aprire il portale. Voglio aggiornarti sulla nostra analisi e parlare con te di quante e quali cose potresti essere disposto a fare."

"Signor Presidente, come ho detto ieri sera, io sono un insegnante. Adoro ciò che faccio e mi piace lavorare coi ragazzi." Con una brusca presa di coscienza, assorbì una nuova realtà: la noia che aveva provato per l'insegnamento era svanita. "Se posso aiutarla, sa che lo farò. Ma ancora non so quali e quante cose relative al portale possano fare la differenza. Sappiamo entrambi come si apre, ma oltre a questo non capisco quali potrebbero essere le conseguenze del suo uso. E sappiamo entrambi che potrebbe essere pericoloso." Si strofinò la guancia per creare un effetto, la piccola cicatrice che si era procurato durante una rapida visita nel passato fungeva da promemoria. La sua faccia e quel manganello non potevano esistere nello stesso spazio e nello stesso tempo, anche a distanza di ottant'anni.

Linda prese la parola. "Signor Presidente, temo che usare il portale possa avere un effetto negativo su tutti noi. Non è che io non voglia che Fritz la aiuti, ma non voglio che corra dei rischi. O che cambi la storia. O il futuro." Si mise una mano sulla pancia ingrossata dalla gravidanza.

"Linda, siamo venuti qui per questo. Pensiamo che sia importante, ma vogliamo conoscere anche la tua opinione e volevamo incontrarci in un posto meno intimidatorio della Casa Bianca."

"Signor Presidente", disse Fritz. "Ci dica di cosa pensa di aver bisogno."

"Abbiamo preso in considerazione alcuni dei punti critici del mondo. Sono sicuro che sappiate che la situazione di Eledoria non è ancora stata risolta. Ora le cose sono tranquille, ma …" Fritz annuì.

Il direttore della CIA disse: "Signor Russell, ci sono persone sul campo che si sono infiltrate nei centri di ricerca nariani e ci hanno fornito le posizioni chiave. Oltre a non volere che i nariani abbiano la bomba, siamo preoccupati che quel materiale nucleare possa arrivare sul mercato. Dobbiamo fermarli prima che accada. Se gli israeliani dovessero fare la loro mossa, potremmo perdere la capacità di controllare la cosa."

"In altre parole", disse il presidente, "non possiamo attaccarli apertamente e non vogliamo che lo faccia Israele. Potrebbero dare inizio a una guerra che coinvolgerebbe tutto il Medio Oriente, o peggio. Nessuno vincerebbe quella guerra."

"Mi faccia capire bene", disse Fritz. "Le serve il portale per far saltare in aria il programma della bomba dei nariani?"

Il Segretario della Difesa disse: "Qualcosa di più, in realtà. Prima di poter distruggere le loro strutture, dobbiamo estrarre i computer e confiscare le ricerche che hanno completato. Vogliamo che il programma resti bloccato anche in futuro."

Fritz guardò il presidente. "Perlomeno la mia parte è qualcosa di semplice." Sospirò e guardò sua moglie.

Linda chiese: "Vuole far arrivare del materiale radioattivo nella scuola?"

"No", disse il presidente. "Ce n'è troppo. Lo lasceremo lì. Vogliamo neutralizzare le strutture, renderle tossiche, rendere impossibile la ricostruzione."

Fritz chiese: "Sapete esattamente dove si trovano? Immagino che siano sottoterra."

"Speriamo di avere tutte le posizioni."

"Vuole che la aiuti a fare tutto questo. È impazzito?" Intorno a lui, i suoi ospiti fecero un rumore simile a un coro di cannucce sul fondo di un frullato finito, scioccati dal fatto che avesse parlato in quel modo al presidente. Mentre analizzava i loro volti, si domandò se a qualcuno di loro fosse mai stato chiesto di fare qualcosa di così difficile.

Il presidente ignorò quelle espressioni e, invece di arrabbiarsi per il commento di Fritz, ne fu divertito. "Mi hanno chiamato in modi peggiori. Sì, Fritz, non solo voglio il tuo aiuto, ma credo proprio di averne bisogno. E ovviamente avremo bisogno della scuola. C'è una differenza di fuso orario di otto ore e mezza, quindi dovremmo essere in grado di fare tutto mentre la scuola è chiusa."

"Quando pensa di farlo?" chiese Linda.

"Nelle prossime due settimane. Non abbiamo molto tempo."

"Quindi, tutto ciò che devo fare è posizionare le graffette o prendere i vostri documenti già graffettati e aprire la porta?"

"Esatto", disse il presidente. "Se funziona, non credo di doverti dire quanti problemi avrai evitato."

"E quante vite potrò salvare. Sì, credo di averlo già sentito prima", disse Fritz. "Cos'altro vuole che faccia?"

Il dottor Barclay disse: "Se posso, Signor Presidente. Signor Russell, non c'è niente di specifico a questo punto. Ma sapete che tipo di cose potrebbero succedere. Oltre alla questione nucleare, per esempio, abbiamo rilevato un aumento del rumore su internet. Se otteniamo informazioni utili in posti che non possiamo facilmente raggiungere, lei potrebbe aiutarci."

Fritz guardò Linda e poi Ashley. Ashley sembrava attento, ma Fritz aveva già visto quello sguardo. Ashley aveva puntato il radar su una nuova donna. "Sembra che abbiate passato un po' di tempo a pensarci, Signor Presidente."

"L'abbiamo fatto. Dopo che sei arrivato nel mio ufficio, non c'è voluto molto perché tutti noi capissimo come sarebbero andate a finire le cose. Negli ultimi mesi, il portale mi ha entusiasmato e spaventato. Sono sicuro che tu sappia cosa intendo. Il viaggio nel tempo, l'accesso immediato al passato e, ancor più importante, al presente, ha creato un'opportunità. Fritz, speravo che accettassi questa possibilità di fare del bene. Quando mi sono insediato ho preso l'impegno di rendere il mondo un posto più sicuro. Potrei non averci direttamente a che fare e comunque non potremo mai far trapelare come lo facciamo, ma non è importante chi ne prenderà il merito, se otterremo un buon risultato, no?" Una mascella serrata e delle profonde rughe sulla fronte sostituirono il suo atteggiamento calmo. "Non si tratta della mia eredità o della politica. Si tratta della mia famiglia e della tua. Di un sacco di famiglie."

"È un bene che questo non sia il nostro primo appuntamento. Di sicuro mi chiede molto. Beh, perlomeno ci guadagnerò una cena." Tutti risero, ma le viscere di Fritz si stavano aggrovigliando.

Il presidente si rivolse a Linda, la cui smorfia gli disse quanto non le piacesse la piega che stava prendendo la conversazione. "Linda, non ve lo chiederei se non pensassimo di avere un'emergenza. Mi serve solo che Fritz apra il portale e poi si tiri indietro. Suppongo che il problema più grande potrebbe essere George, ma me ne occuperò io. Potremmo requisire la scuola, ma sarebbe una cosa un po' troppo vistosa. Quindi devo solo convincerlo di quanto sia importante. Sono sicuro che accetterà."

"Signor Presidente, mi scusi, ma chi è George?" chiese il dottor Barclay.

Ashley rispose in gran fretta. "È il preside del Liceo Riverboro. Il nostro comandante in capo." Gli luccicavano gli occhi.

Fritz disse: "Lo farà per una qualche forma di qui pro quo. George funziona così. Allora, ci sono delle *altre* sorprese?"

Il presidente disse: "Abbiamo parlato del possibile intervento in un dirottamento e anche della risoluzione di problemi sulla stazione spaziale. Dovremo essere precisi con le coordinate, però, altrimenti il portale potrebbe aprirsi letteralmente nel nulla. O nel vuoto. Ma non dobbiamo parlarne adesso." Il presidente fece una pausa. "Fritz, questa conversazione non ha nessuna importanza a meno che tu non sia disposto a far parte della squadra." Fritz si alzò, chinò la testa e incontrò gli occhi del presidente "Mi spiace", disse il presidente. "A volte tendo a parlare troppo. So che non c'è bisogno di farlo con te. Terrò i discorsi in serbo per George."

Linda disse: "Vuole solo che apra il portale?"

"L'unica altra cosa che vogliamo è che Fritz lavori con i comandanti o i leader dei progetti, in modo da poter coordinare i dettagli. Se le graffette verranno messe nei posti sbagliati, potremmo finire in un gran pasticcio. E i nostri devono sapere come uscire."

"Quindi, per prima cosa, si dovrà fare una prova generale in un'area sicura?" chiese Linda, sperando che ci avessero pensato.

"Se useremo il portale andremo incontro al pericolo, qualunque sia la destinazione. Dobbiamo farlo nel modo giusto. Ma non sto chiedendo a Fritz di entrare. Solo di aiutarci a predisporre la cosa."

"Signor Presidente, credo che lei sappia di aver proposto la cosa in modo avvincente. La mia preoccupazione è come verrà usato il portale, perché cambieremo la storia del futuro. Fino ad ora, il portale ci ha portati indietro nel tempo o in altri luoghi che condividono il nostro stesso tempo, ma chissà quali danni potremmo fare agli eventi o alle persone a cinquanta o cento anni da ora."

Il presidente poggiò il mento sulla mano sinistra, si sfiorò le labbra con l'indice e valutò quell'uomo serio che lo osservava. Aveva passato innumerevoli ore ad analizzare quel concetto. I viaggi nel tempo cambiano il futuro? Non poteva dare una risposta affrettata, né essere superficiale nella scelta delle parole; sapeva che la sua risposta avrebbe influito su un pubblico ben più ampio di quello attuale. "Ci ho pensato anch'io. Ma considera questo. E se, invece di danneggiarle, migliorassimo le vite e le possibilità delle persone che vivranno fra cinquanta o cento anni? Le vite dei ragazzi a cui insegni, quella del vostro bambino? Non possiamo prevedere cosa succederà, nel bene o nel male."

Fritz ascoltò con un orecchio attento quel linguaggio politico, elaborò una risposta ragionata e guardò Linda. Il suo cenno quasi impercettibile lo invitò ad andare avanti. "Signor Presidente, ieri sera ha parlato di linee guida. Come sapete, la scuola è iniziata oggi. Non ho avuto molto tempo per pensarci. Voglio parlarne con Linda, prima di darvi una risposta. Ma dovete sapere che in nessun caso parteciperò ad attività che siano evidentemente di parte o che abbiano lo scopo di uccidere delle persone. Voglio un briefing completo su ogni missione in cui volete che io sia coinvolto. E sono molto preoccupato per la quantità di persone che lo verranno a sapere. Quando siamo stati coinvolti, quando lei è venuto qui la prima volta, ha detto che la cosa riguarda la sicurezza nazionale, non solo i pericoli per lei e me. La cosa sta crescendo." Indicò con entrambe le mani le altre persone presenti nella stanza.

"Siamo venuti per rispondere a qualsiasi domanda o obiezione", disse il presidente. "Mi aspettavo che ne parlassi con Linda in privato e non voglio che prendiate una decisione in questo momento, se vi sentite sotto pressione. Ma devo saperlo presto. Vi ho detto qual è la nostra situazione. Ed è importante. Dovete decidere se è abbastanza importante per voi." Guardò Linda, poi di nuovo Fritz. "Riguardo alle linee guida, non hai chiesto niente di irragionevole. Per quanto riguarda le altre persone coinvolte, il portale ha il più alto livello di nulla osta di sicurezza. Sareste sbalorditi da quanto seriamente stiano mantenendo il silenzio anche i figli dell'ambasciatore. Ai loro amici dicono quanto è stato figo il giro con l'elicottero di salvataggio. Giureranno tutti di mantenere il segreto. Non sono permessi documenti scritti, né tracce digitali dell'esistenza del portale. Non credo che ci saranno fughe di notizie, finché lo useremo come si deve, ma se anche ci fossero, chi ci crederebbe? Sembrerebbe solo un titolone da stampa scandalistica o un copione fantascientifico. A proposito, hai un nome in codice."

"Può dirmi quale?"

"Certo." Il presidente fece un sorriso gentile. "Amico."

"Grazie per aver rispettato la mia posizione e la nostra intelligenza." Guardò Linda e Ashley. Voglio che il mio aiuto sia qualcosa di più di un sistema semplificato per fare la guerra. Sono un insegnante, studio storia e ho visto troppo spesso la politica cancellare il bene che il governo dovrebbe fare." Guardò il presidente dritto negli occhi. "Presto avrò una risposta per lei."

Il presidente si chinò in avanti e Fritz poté quasi sentire il suo cervello che gli faceva dei segnali. "Sappiamo entrambi che il portale è importante. Ne abbiamo già parlato. Quindi, grazie. Che ne dici, ora, di andare a cena?"

. . .

UN'AUTO DELLA POLIZIA di Riverboro si fermò alla vista dei Suburban e del gruppo di agenti che ci giravano intorno. L'agente uscì dall'auto e spalancò la bocca quando riconobbe l'uomo che si dirigeva verso di lui. Il presidente gli porse la mano. "Agente, è una questione di sicurezza. Non può parlarne. Se deve fare rapporto, dica che ha controllato e che andava tutto bene. Così non sarà necessario che noi veniamo coinvolti. Puoi farlo?"

"Sì, Signore. Nessun problema, Signore. Mi spiace, signore."

"Grazie. Forse potrebbe fare un'altra cosa per me." Il presidente non attese una risposta. "Ora saliremo in auto e andremo in un pub chiamato The Mill. Lo conosce?"

"Sì, Signore."

"Pensa di poterci guidare fin lì? Afferra il punto? Niente sirena, niente luci."

"Certo, è a soli cinque minuti da qui, Signor Presidente. Non c'è problema."

"Come si chiama, agente?"

"Jim Shaw, Signore."

"Bene. Il signor Williams le fornirà più dettagli. Grazie."

Mentre il presidente terminava la sua conversazione, Fritz e Tom Andrews restarono in attesa accanto ai Suburban. "Signor Presidente. Linda, Ashley ed io prenderemo la mia macchina e la seguiremo. Avremo la possibilità di parlare lungo il tragitto. Mi ha messo in una posizione difficile."

Il presidente disse: "Dovresti essere nei miei panni." Condividevano felicemente quella battuta e ciascuno di loro sapeva che anche l'altro la usava spesso. Gli altri uscirono di casa e Linda, vedendo James, lo salutò con un abbraccio.

"James! È bello rivederti. Tua moglie ha provato la ricetta delle lasagne?"

"Salve, signora, spiacente, intendevo dire Linda. Sì, l'abbiamo provata un paio di volte. Lei sa quanto mi piacciono."

Le porte dei Suburban erano aperte, in attesa. L'agente Shaw era in piedi accanto al lato del guidatore dell'auto della polizia. Fritz fece cenno ad Ashley, prese a braccetto Linda e si diresse alla sua macchina. Si scostò dal vialetto e la processione si mise in marcia.

Fritz disse: "Che ne pensate?"

Ashley parlò per primo. "Preferirei andare a trovare Robert E. Lee."

Linda disse: "Fritz, so già che stai per dire che per te va bene. E sai già come la penso." Il suo tono non dava adito a dubbi. "Spero che lui mantenga la promessa e la tua parte sia davvero limitata."

"Dovevamo stare ad ascoltarlo. Sa che non collaborerò più se si spingerà troppo oltre", disse Fritz. "Ma a meno che tu dica decisamente di no, gli dirò che ci sto. Il suo vero problema sarà George. Se la scuola è il punto di partenza per questa roba, George potrebbe essere un problema."

Ashley si chinò in avanti e chiese: "Posso dire una cosa? Quando mi hai detto che il presidente sarebbe venuto stasera, mi sono chiesto cosa avrebbe detto. Non pensavo che sarebbe stato così diretto. Ma loro non hanno ancora capito tutto."

"A proposito di capire qualcosa, come sono andate le cose con Sandy oggi?" chiese Linda.

Fritz disse: "Lui brucia i ponti più velocemente di quando i tedeschi hanno fatto saltare in aria quelli sul Reno."

"Stai zitto. Lasciami parlare. Prima che ci lasciassimo, le ho detto che secondo me non era ancora il momento di conoscere i suoi genitori. Saranno qui questo fine settimana. Ora lei mi sta ignorando."

"Se vi siete lasciati, che differenza fa? A me non sembra che tu pensi che questa relazione sia completamente finita." Linda si posò le mani sui fianchi, restando seduta. Ashley, *sei troppo vecchio* per giocare e Sandy non te lo permetterà. Non hai preso la cosa sul serio e non l'hai neanche considerata una faccenda a lungo termine."

"Almeno sono stato sincero con lei."

Ash, lei ha venticinque anni, vuole sposarsi e avere una famiglia. È attraente. È intelligente e non sprecherà il suo tempo. Quindi, se vuoi che lei resti con te, sta a te decidere cosa vuoi *tu*. Credo che dovrò nuovamente abituarmi a cucinare per te." Poi gli disse che lui sarebbe sempre stato il benvenuto.

"Non possiamo pensarci adesso", disse Ashley. Voglio sapere se avete capito cosa significherà questa storia dei nariani. Io non ne ho la più pallida idea."

"Nemmeno io", disse Fritz. "Sottoterra? Impianti nucleari? Di cos'altro dobbiamo preoccuparci?"

"Del clima?" chiese Ashley.

"Dovremo chiederglielo stasera a cena. Se vogliono farlo presto, dovremo sperare che ci siano dei temporali."

"Forse hanno in mente qualcosa. Sai che ti dico? Mi siederò accanto alla dottoressa Barclay e le parlerò del tempo." Fritz vide il suo ghigno da gatto del Cheshire nel retrovisore.

"Una vivace conversazione conviviale, Ash. Sono sicuro che la conquisterai", disse Fritz.

Linda disse: "Le parlerai del tempo, eh. Chissà come, la cosa non mi sorprende. L'aria calda è il tuo settore di competenza."

"Quella è un'altra storia", disse Ashley.

CAPITOLO DUE

QUANDO LA PROCESSIONE arrivò al The Mill, George e Lois McAllister erano in attesa nel parcheggio completamente vuoto. L'agente Shaw uscì dalla sua auto e si avvicinò a James. Parlarono per un attimo e si strinsero la mano. In un cartello sulla porta del ristorante c'era scritto CHIUSO FINO ALLE 21:00 - FESTA PRIVATA.

Tom li condusse oltre la sala principale, sui cui tavoli spiccavano le tovagliette di carta del ristorante. Nella sala da pranzo privata assegnata a loro, invece, i tavoli erano preparati con delle belle tovaglie e apparecchiati in modo più fantasioso. Il locale era stato tirato a lucido. Il legno luccicava, mentre passavano, e il pavimento cerato irradiava una lucentezza brillante. Anche l'argenteria elegante contribuiva alla luminosità della stanza. Il personale del ristorante aveva lavorato fin dalla mattina, ma nonostante l'affrettato restauro, ad ogni posto della tavola c'era un segnaposto col nome del pub in un colore rosso aragosta. I camerieri erano quasi sull'attenti. Fritz ridacchiò dei cambiamenti. Lui e Linda si sedettero di fronte al presidente e alla First Lady. "Ci sto, Signor Presidente."

Il presidente sussurrò: "Grazie. Ora, se volete scusarmi, devo fare una chiacchierata in privato con George." Si alzò, sussurrò qualcosa a George e lasciarono la stanza. Quando arrivarono gli antipasti, tornarono nella sala. Accomodandosi al suo posto, il presidente fece una faccia che poteva solo significare che George si era comportato come suo solito: aveva dato il suo accordo, ma in modo riluttante. Il presidente mostrò un fugace pollice in su a Fritz.

"Sa che c'è ancora il problema delle tempeste", disse Fritz. "Il portale si apre solo durante i temporali. Non avete un'idea su come provocarli, vero?"

Il presidente si chinò verso il segretario e le chiese di dire a Fritz dei loro conseguimenti. "Il dottor Barclay ne sa più di me sugli aspetti scientifici, ma le dirò cosa pensiamo di aver scoperto", disse il segretario. Non erano stati in grado di creare temporali, disse, ma utilizzando le misurazioni delle cariche elettriche e delle frequenze sonore avevano cercato di replicare le forze che potevano essere coinvolte nell'apertura del portale all'arrivo di un fulmine. "Abbiamo provato diverse combinazioni durante tutta l'estate, per scoprirne qualcuna che funzionasse."

Fritz interruppe: "Volete dire che potete ricreare un temporale, oppure significa che avete già creato un portale voi stessi? Sapete di quali ingredienti ho bisogno. Sono abbastanza semplici da ottenere. Ci avete provato?"

Il presidente disse: "Abbiamo provato, ma se ci fossimo riusciti non saremmo qui. Non dovremmo disturbarla mai più."

"Continuate a provare." disse Linda.

Il segretario continuò. "Pensiamo di poter collegare una fonte di energia alla porta della sua classe e far volare degli aerei sulla zona per generare certe frequenze sonore."

"Wow", disse Ashley. "Avete creato un temporale su ordinazione. Senza pioggia. L'umidità può influire?"

Il dottor Barclay disse: "Sì, abbiamo sperimentato delle variazioni. Grazie, signor Gilbert."

"Chiamami Ashley. Vorrei farti delle domande sul tempo." Si illuminò.

Il presidente disse: "Fritz, dopo il salvataggio dell'ambasciatore abbiamo cominciato a cercare un modo per non doverti tirare in ballo. Davvero. E continueremo a provare."

Fritz ricordò al presidente che considerava ancora il portale un'incognita e che, sebbene potesse provarci, non sapeva se sarebbe ancora riuscito a farlo funzionare. "Sono disposto a lavorare con lei, ma non ho più provato a usarlo dalla scorsa primavera. Potrebbe non funzionare affatto."

Il presidente si morse il labbro inferiore prima di rispondere. Prima diede un'occhiata a Linda, poi osservò Fritz. Si fissarono per un attimo. "La mia prima preoccupazione è il vostro accordo. So che siamo entrambi in un nuovo territorio, impareremo man mano che procediamo. Ma se riusciamo a farlo funzionare, possiamo porre fine alla minaccia e rimettere in gabbia i falchi da guerra, possibilmente abbastanza a lungo da trovare soluzioni reali e significative ai problemi in Medio Oriente. È questo che voglio."

Mentre aspettavano il dolce, il dottor Barclay chiese a Fritz se avesse pensato, in qualsiasi momento, che il portale potesse aprirsi col bel tempo. Disse che una volta aveva preso la piccola scossa, ma il portale non si era aperto. "Non ditemi che siete stati voi." Il presidente ricordò quel giorno di primavera. Stava guardando il Giardino delle Rose in fiore quando Tom Andrews gliel'aveva detto. Ma rimase tranquillo.

Il dottor Barclay disse: "No, non noi, ma quel giorno c'è stato un incidente all'aeroporto di Philadelphia che ha impedito agli aerei di atterrare, tenendoli in volo per ore finché gli altri aeroporti non hanno potuto assorbire il traffico." Linda ricordò a Fritz che avevano parlato dell'incidente dopo che lui le aveva detto di aver preso la scossa. "Quindi abbiamo studiato la cosa. E abbiamo fatto delle prove con le correnti e le frequenze."

"Frequenze? Quel Tony è coinvolto? Non ricordo il cognome."

Gli rispose il dottor Barclay. "Tony Almeida è uno dei nostri principali ingegneri. Ha iniziato a lavorare sull'aspetto delle frequenze fin dalla prima visita alla scuola."

La conversazione si interruppe per un attimo, mentre un cameriere ritirava i piatti. Quell'inaspettato livello di servizio dimostrato dal ristorante divertì Fritz. In un luogo che raramente aveva pane fresco, ora il personale riempiva i cestini prima che si svuotassero. Quando arrivò il dolce, il proprietario, mai visto prima fra i clienti, venne a chiedere se tutto fosse stato soddisfacente. Se fossimo stati con una diversa compagnia, Ashley avrebbe risposto. Invece diede un'occhiata di traverso al dottor Barclay, che aveva seguito il Presidente. Il presidente andò a ringraziare personalmente il titolare e tutti sentirono Tony Marion dire: "No, no, insisto, Signor Presidente." Si allontanò e il presidente si sedette di nuovo.

"Vuole comprarci", disse, guardando Fritz e Linda. "Ce ne occuperemo dopo. Gli ho detto che ci avete consigliato voi di venire qui. Ha chiuso il locale durante l'ora di cena per noi e non può nemmeno vantarsi del fatto che siamo stati qui. Ce ne occuperemo noi."

Dopo il dolce, il presidente prese Fritz e Linda da parte. "Ho chiesto molto, e voi non mi avete chiesto niente", disse. "Non mi aspetto che lo facciate. Ma Fritz, la sto rendendo assistente speciale del Presidente. Ho fatto in modo che lei riceva una quota di consulenza ogni volta che abbiamo bisogno di usare il portale."

"Grazie, Signor Presidente. Presto avremo un'altra bocca da sfamare. Apprezziamo l'aiuto."

Linda disse: "Non ci aspettavamo niente, Signor Presidente. Si prenda solo cura di mio marito. Le sarà anche necessario, ma ne ho bisogno anch'io."

"Signor Presidente, so che ciò che vuole è importante. Farò del mio meglio. Ma, resti fra noi, la prego di non mentirmi su nessun aspetto di questa cosa."

Ci fu una tensione momentanea nella mascella del Presidente. Fissò Fritz, valutando la richiesta e l'uomo che l'aveva fatta. "È una richiesta giusta. Dritta al punto. Apprezzo la tua franchezza. Fritz, Linda, forse non potrò dirvi tutto, ma prometto di dirvi tutto quello che potrò, quando potrò ."

"Ho un altro suggerimento, Signor Presidente. Prima di mandare dei soldati qui, potrebbe essere una buona idea scoprire se il sistema di Tony Almeida funziona, come ha detto Linda prima."

"Non intendevo questo, Fritz", disse lei.

"Lo so, ma potrei venire nel suo ufficio, Signor Presidente. Sarebbe disponibile, diciamo, sabato sera? Oggi è mercoledì. Le lascerebbe abbastanza tempo per far arrivare qui le persone di domenica o all'inizio della prossima settimana?"

Il presidente si passò un dito dietro l'orecchio sinistro. "È una buona idea. Se la connessione funzionerà, sapremo che quella parte è sotto controllo. Sabato?" Il suo sguardo si perse nel vuoto. "Devo controllare la mia agenda. Se non ci sarò, potresti andare da un'altra parte? Parlerò con la mia segretaria mentre ritorno a casa e farò predisporre tutto ciò di cui avremo bisogno, per essere pronti se dovesse funzionare."

Fritz vide tornare le rughe di preoccupazione sul volto di Linda. "Se dobbiamo sperimentare l'innesco del portale, potremmo andare ovunque. Dobbiamo solo sapere quando."

"Contatterò il signor Almeida, vi faremo sapere."

Un George molto chiacchierone parlava continuamente fra un boccone e l'altro, contento di ciò che il presidente aveva detto. All'altro capo del tavolo, Ashley e Jane Barclay continuavano la loro vivace discussione. Il presidente guardò il suo orologio, toccò un pulsante sul lato e Tom Andrews apparve alla porta. La conversazione si interruppe. Le sedie che strisciavano sul pavimento lucidato fecero capire al personale del ristorante che se ne stavano andando. Il presidente strinse la mano a Fritz e a Linda, poi si diresse verso la porta. Il signor Marion, in piedi accanto alla porta d'ingresso, strinse la mano a tutti loro e li ringraziò di essere venuti. Quando passò Fritz, disse: "Signore e signora Russell, vi prego, venite pure quando volete. Vi riserveremo i posti migliori del locale."

"Buon viaggio di ritorno, Signor Presidente", disse Fritz. "Presumo che presto avrò sue notizie. E grazie per la cena." Dopo che i Suburban si furono allontanati, l'agente Shaw salutò Fritz e Linda che si incamminavano verso la loro auto, poi tornò in servizio. George e Lois li aspettavano accanto alla loro macchina. "A casa nostra", disse Fritz.

Tutti si sedettero al tavolo da pranzo. Linda fece il caffè e affettò una torta che aveva portato Ashley. Lois disse: "Beh, eccoci di nuovo qui. George, cosa voleva il presidente?"

"Lois, penso che debba iniziare Fritz a raccontare questa storia", disse lui.

"Lois, il presidente vuole usare il portale per le crisi di sicurezza nazionale e i disastri naturali."

"Ah. È una cosa piuttosto generica. Avete idea di cosa significhi in pratica?"

"I nariani hanno armi nucleari", disse Fritz. Fece una pausa per far assimilare il messaggio. "Vuole usare il portale per entrare nelle loro strutture, prendere documenti e computer, poi distruggere tutto. Vuole farlo rapidamente e tenere gli israeliani in disparte."

"E ha portato una ragazza carina per tenere impegnato Ashley. Sembra che abbia funzionato."

Ashley la guardò, arrossendo un po'. "Non dite così", disse. "Stavamo solo parlando. E non è una ragazza. È una donna davvero notevole. Il suo curriculum è fantastico."

Lois disse: "A volte, Ashley, mi chiedo se qualcuno ti abbia mai insegnato la parola *discrezione*. Comunque, George, cos'ha detto il presidente?"

George si schiarì la gola. "Mi ha detto di avere un ruolo importante per me, ha bisogno di me nella sua squadra." Il suo tentativo di apparire autoritario fece allontanare Ashley dalla tavola. "Ha detto che ha di nuovo bisogno del portale e che sarà un servizio importante per il mondo intero. Potremmo prevenire una guerra nucleare e degli attacchi al nostro paese. Ha anche promesso di creare un fondo per le attività scolastiche che vogliamo. Ho chiesto di poter costruire delle nuove strutture e realizzare delle borse di studio per il college per alcuni dei nostri ragazzi. Ha detto di sì, per qualsiasi cosa io ritenga importante."

"Non mi stupisce che tu sia così felice", disse Linda. "È fantastico. Potresti anche concedere un aumento ai tuoi insegnanti."

"Hmm. Mi spiace, Linda. Non ci avevo pensato. Dovrò chiederglielo."

Lois socchiuse gli occhi e fece una smorfia. "George", chiese, "ti ha detto in cosa consisterà essere parte della sua squadra?"

"Beh, non esattamente."

"Gliel'hai chiesto?"

"Beh, non proprio." Uno sguardo sottomesso sostituì il contegno nei suoi occhi.

Fritz disse: "Lois, sarà complicato. Il primo evento richiederà l'ingresso in più siti. Le squadre che useranno il portale tireranno fuori dei computer e forse delle persone. Porteranno dentro degli esplosivi, immagino. Ci saranno un certo numero di veicoli nel parcheggio. Questo è tutto ciò che sono riuscito a immaginare finora. Ecco perché sono venuti anche il segretario della difesa e il direttore della CIA."

Mentre Fritz parlava, George appariva molto meno felice e più preoccupato. "Beh, tutto questo non me l'ha detto", disse. "Come faremo, se la scuola è in funzione?"

"C'è una differenza di fuso orario di otto ore tra qui e Naria." George sembrò ammorbidirsi. "Ma dobbiamo essere pronti a chiudere il corridoio e liberarlo in fretta. Penso che dovremmo annunciare una serie di esercitazioni antincendio, programmate in momenti diversi e anche dopo la scuola, facendo sì che tutti ne siano informati. Probabilmente dovremmo iniziare da subito." Lois mi ascoltò con attenzione. Si sarebbe occupata lei di inserire tutti quei punti nella lista di priorità di George."

Ashley disse: "Fritz, le esercitazioni antincendio non vanno bene. Vedranno tutti che sta succedendo qualcosa. I ragazzi saranno fuori, indipendentemente dal tempo. Dobbiamo impedire ai vicini di guardare."

Lois disse: "Hai ragione, Ashley. Dobbiamo pensare a come poter liberare quel corridoio, Fritz. Tra quanto pensi che succederà?"

"Molto presto." disse Fritz in un sussurro. "Lois, non lo so con certezza, ma penso che succederà entro una settimana o due."

La faccia di George si contrasse, mentre abbassava le sopracciglia. "Come faccio a preparare tutto così in fretta?"

"Non abbiamo scelta, George. Dobbiamo iniziare a prepararci subito. Ecco cosa significa far parte di quella squadra", disse Lois. "Ricorda, impediremo un olocausto nucleare."

"Penso che questo sia molto importante", disse George. "Domani penserò a come fare." Lois scosse la testa.

DOPO CHE LOIS E GEORGE se ne furono andati, Linda chiese ciò che voleva chiedere già da un po'. "Com'è stato il primo giorno?"

Fritz scosse la testa per riallinearsi alla lunghezza d'onda di Linda. Aveva cambiato direzione più in fretta di un coniglio che viene inseguito. "Lin, è stato l'inizio d'anno più strano da quando ho cominciato ad insegnare. Ma, cosa più importante, ogni classe mi ha chiesto di fare un viaggio."

Quando Fritz terminò, lei chiese: "E per te, Ash?"

"Ora che ci penso, i ragazzi sembravano diversi, erano più ricettivi e non si lamentavano dei compiti. È stato divertente. No. Divertevole."

"Sai che quella parola non esiste", disse Fritz.

"Sì, ma dovrebbe."

"Mi sembra che per voi si prospetti un anno meraviglioso." disse lei, sorridendo a entrambi.

Quello sguardo ricordava a Fritz la prima volta che l'aveva vista. Quando era un insegnante nel programma "Insegnare per l'America" a New York City, lei lo aveva quasi investito in bici mentre correva sulla Fifth Avenue.

"A cosa stai pensando?" chiese Linda.

"A quando ti ho conosciuta. A come mi hai quasi ucciso."

"Non ti ho nemmeno sfiorato."

Senza lasciarsi distrarre, lui finì di raccontare la storia.

"Hai una buona memoria, Fritz, anche se sei in errore", ridacchiò Linda.

Ashley gli sorrise. "Sai che ho già sentito questa storia?"

CAPITOLO TRE

L A MATTINA DOPO Fritz arrivò presto a scuola. Le previsioni meteo di tempeste lo avevano messo di buon umore. Infilò la chiave nella serratura della scrivania, tornò nel corridoio e lasciò che la porta si chiudesse. Toccò la maniglia. Non ricevette alcuna scossa, quindi il portale non si aprì. Tornò alla scrivania, aprì la serratura e tolse la chiave. "Niente fulmini, niente sorprese."

Avendo ancora del tempo prima delle lezioni, Fritz andò in ufficio. George arrivava sempre prima di tutti, quindi avrebbero avuto qualche minuto per parlare. "Ciao, George. Hai un minuto?"

George fece cenno a Fritz di entrare e disse: "Chiudi la porta." Il suo ufficio, della dimensione di una piccola camera da letto, aveva la stessa verniciatura discutibile del resto della scuola. Fritz, notando che la scrivania di George era già ingombra di pile di documenti e di cartelle dall'aspetto ufficiale, si chiese se fungesse da barricata o fosse una prigione auto-imposta. Essendoci solo una sedia libera, si chiese se le pile di carte sul resto delle sedie avessero una funzione protettiva. La porta si chiuse silenziosamente. Si sentì un rumore simile a una mandria di bufali che attraversava il cielo seguendo il lampo di un fulmine. *Esattamente ciò che speravo.*

"Avvicinati, Fritz", disse George. "Hai parlato col presidente? Quando inizieremo?"

"Ancora non so niente. Credo che debbano ancora finire di pianificare le cose. Se n'è andato solo poche ore fa."

"Come vanno le lezioni?"

"Francamente, se devo fare delle previsioni basandomi sul primo giorno, sarà un anno intenso e impegnativo. I ragazzi di tutte le mie classi sono pronti a darsi da fare. C'è un atteggiamento diverso riguardo agli studi. Sono, beh, diversi. Ne sono molto felice."

Dondolandosi sulle punte dei piedi, George disse, "Sembra che stia accadendo lo stesso ovunque. Il signor Larsen mi ha parlato di quanto siano state silenziose le sue classi. Immagina."

"George, penso che gli insegnanti ci si dovranno abituare. Il che mi porta a ciò di cui voglio parlare con te. Voglio esplorare il portale." Nel sentire questo, George si sedette. Guardando la testa del preside da sopra le pile di documenti, Fritz cercò di capire la sua reazione. "Dato che so come entrare, posso verificarlo in anticipo. Se riuscirò a trovare un posto in cui andare senza far correre rischi ai ragazzi, vorrei provarci."

"Lois ed io ne abbiamo parlato per tutta l'estate, Fritz. Come sai, sono riluttante alla ripetizione dei fatti dell'anno scorso. Lois immaginava che avresti voluto usarlo. Ma non so cosa pensare. Ci sono troppe cose che potrebbero andare storte."

"George, se io fossi una persona imprudente, e non lo sono, sarei d'accordo. Controllerò le destinazioni prima di portarci una classe. Fra l'altro, se vorrai venire con me potrai vederlo con i tuoi occhi. Dobbiamo capire meglio come funziona il portale. Credo che probabilmente il presidente lo voglia usare parecchio."

Mentre girava l'angolo per tornare alla sua classe, Sandy Horton quasi gli arrivò addosso.

"Scusa, Fritz. Non ero attenta."

"Ciao, Sandy. Non mi hai fatto male."

"Vorrei ancora parlarti di Shakespeare. Ti fermeresti qualche minuto dopo la scuola?"

"Passa da me. Dovrei essere qui in giro."

"Ok. Ci vediamo." Mentre lei si allontanava, lo fermò Tom Jaffrey.

"Ciao, Tom."

"Fritz, Sandy ieri mi ha detto di voler vedere Shakespeare. Metteresti in lista anche me? Vorrei fare qualcosa con Albert Einstein."

"Tom, non ho il controllo di questa cosa. George non vuole farlo. E non penso che il mio amico possa inserire delle richieste speciali nei suoi impegni. Ma se potrò fare qualcosa, te lo farò sapere."

"Grazie. Questo mi dà una speranza. Ci vediamo."

Fritz lo salutò e si diresse alla sua classe. Scosse la testa e ridacchiò. *Tom è proprio come George.* Mentre suonava la campanella, Fritz si ricordò di dover fare l'appello. Doveva ancora familiarizzarsi con alcuni allievi.

"Ok." Erano pronti. "Devo dire che siete tutti incredibilmente silenziosi. C'è qualcosa che dovrei sapere?" Nessuna mano alzata. "Allora iniziamo. Avete fatto tutti le letture richieste? Alzate le mani." Tutti. "Bene. Sulla lavagna potete vedere il programma di oggi e i compiti a casa. Prendetene nota. E passatemi quelle liste che vi ho chiesto di elaborare." Ci fu un movimento di carte che venivano passate avanti.

Fritz iniziò a parlare. "Il Medioevo iniziò nel V, secolo quando l'Impero Romano venne smantellato, con tre periodi relativamente definiti." Fuori, il vento era cambiato e faceva sbattere la pioggia sulle finestre. "Le invasioni barbariche caratterizzarono il primo periodo. Quello intermedio, chiamato anche alto, è quello che consideriamo l'era della struttura sociale e politica chiamata feudalesimo. Re e nobili nei castelli, contadini che vivono nei villaggi e pagano l'affitto ai nobili.

"Durante l'Alto Medioevo, cominciò ad evolversi l'inglese, riunendo influenze anglosassoni, latine e tedesche." Si fermò. "Quando si pensa che l'inglese sia la lingua più parlata al mondo, è difficile credere che sia in circolazione solo da un migliaio di anni o giù di lì. L'ultima parte del Medioevo fu il periodo della peste nera, che uccise circa un terzo dell'intera popolazione europea. Fu anche il periodo degli esploratori."

"Voglio che prestiate molta attenzione a ciò che sto per dirvi e che prendiate appunti sui fogli che vi ho passato. Non sorprendetevi se ve lo ritroverete in qualche esame. Vi permetterà di osservare in prospettiva ciò che sta accadendo intorno a noi al giorno d'oggi." Penne e matite erano in posizione verticale. "Durante il Primo Medioevo, una forza che contrastò gli sviluppi europei fu la fondazione e lo sviluppo dell'Islam. Gli insegnamenti del profeta Maometto si diffusero nel Medio Oriente attuale, nell'Africa settentrionale e nell'Europa orientale. Dall'Africa, attraversarono il Mediterraneo e giunsero in Spagna. I cavalieri partirono per le prime Crociate."

"L'espansione delle culture comportò un'espansione del commercio. Durante il Medioevo, le rotte commerciali si estendevano dall'Europa alla Cina e ad altre parti del mondo, come la Persia e l'India. Qualcuno sa dirmi un prodotto che il commercio ha portato in Europa?"

"Gli spaghetti."

"Non fatemi venire fame." disse sorridendo. "Qualcun altro?"

"La seta."

"Giusto. Ieri sera ho visto un video su YouTube su come si produce la seta. È una figata."

"Signor R, avevamo i bachi da seta in terza elementare. Volevamo fare una sciarpa, ma i bachi sono tutti morti."

"Grazie, Joan. Comunque, quando la gente ha cominciato a stabilirsi, ha formato delle piccole nazioni. Il Medioevo era un periodo di continue guerre, spesso fra parenti, sapete, come nel Giorno del Ringraziamento." Mentre nessuno rideva alla sua battuta, riprese a camminare nella parte frontale della stanza. "Erano comuni i matrimoni tra famiglie reali di diversi paesi. Questo è andato avanti fino al ventesimo secolo. Una delle guerre più famose fu la Guerra dei Cent'Anni tra i re di Francia ed Inghilterra."

"Mr. R", interruppe Dennis Rogers.

"Sì, Dennis", disse Fritz, fermandosi.

"Ho letto tutta questa roba ieri sera. Ho anche cercato qualcosa su internet. Perché dobbiamo impararla?"

"Dennis, ragazzi, non è un caso che ci siano migliaia di libri su quel periodo. Una ragione è che delle importanti conseguenze del Medioevo sono arrivate fino al giorno d'oggi. Se seguirete questi sviluppi, imparerete molto su come si è sviluppata la nostra società. Per esempio, uno degli sviluppi più evidenti è che le lotte fra i vari paesi europei si sono ripetute più di una volta. Che altra guerra vi viene in mente?"

"Sì? Albert, giusto?"

"Giusto, signor Russell, ma tutti mi chiamano AJ."

"Ok. AJ, diccelo."

"La Seconda Guerra Mondiale."

"Bene. Altri?"

"La Prima Guerra Mondiale."

"Perfetto. Questo è solo uno dei fili che arrivano fino al presente. Non tratteremo il Medioevo molto a lungo, ma non si può capire ciò che è successo dopo se non lo si studia. Guerre, nazioni, architettura, religione, commercio, istruzione, leggi, tecnologia."

Joan Dark chiese: "Signor R, la tecnologia di allora ha qualcosa a che fare con i computer di oggi?"

"Joan, nessuno potrebbe fare un collegamento diretto, ma potremmo avere dei computer se non avessimo mai avuto una macchina da stampa? Ragazzi, oggi sono saltato di palo in frasca. Ricordate che questi cambiamenti hanno avuto luogo nel corso di centinaia d'anni, a ritmi diversi e in luoghi diversi. Non avremo tempo per trattare approfonditamente queste cose. Quindi vediamo un esempio prima che finisca la lezione. L'architettura. Durante il Medioevo, in che tipo di alloggio viveva la maggior parte delle persone?"

"Capanne di legno?"

"Quindi, da dove sono arrivate le grandi chiese e i castelli?"

"Hanno imparato a costruire le cose", rispose Roger Carpenter.

"Bene. Continua, Roger."

"Materiali da costruzione."

"Come hanno portato quei materiali ai cantieri?" chiese Fritz.

"Strade."

"Quindi?"

"Avevano bisogno di carri e cavalli?"

"Che altro? Dimmi un'altra cosa."

"Operai?"

"Lavoro. Bene." La campanella suonò. "Ne parleremo ancora domani. Pensate a come si costruisce una cattedrale." Fritz riconobbe di dover fare un serio ripasso del Medioevo. Sperava che la lezione successiva fosse più semplice.

"Buongiorno a tutti. Avete fatto tutti i compiti a casa? Alzate le mani." Le alzarono tutti.

"Signor R", disse Eric Silver, "so che ha detto che non potremo fare nessun viaggio, ma potremmo provare noi a elaborare delle scene come l'anno scorso? Sa, magari potremmo decidere un argomento tutti insieme, poi ciascuno ne potrebbe creare delle parti da mettere in comune. Penso che sarebbe interessante."

Bob Bee disse: "Sarebbe un sacco di lavoro in più, Eric."

"È vero, Bob", disse Cheryl See, "ma magari potremmo farlo a squadre, che ne dice signor R?"

"Mi avete sbalordito", disse Fritz, mettendosi entrambe le mani sul cuore. "Mi state chiedendo se potete fare del lavoro in più?"

Eric disse: "Beh, *potrebbe* darci dei crediti extra." La classe era d'accordo.

"Quanti di voi vorrebbero provare a fare una cosa del genere?" Tutte le mani si alzarono, alcune più lentamente di altre. *Tutti? È successo qualcosa.* "Sono già stato sorpreso da qualche classe, ragazzi, ma voi siete davvero fantastici. Ok, ecco cosa faremo. Entro venerdì prossimo, voglio una bozza del piano. Quindi avete una settimana. Se vogliamo farlo, tutti nella classe devono essere inclusi e coinvolti." Eric prendeva appunti. Dopo la lezione, Fritz lo fermò mentre usciva.

"Come ti è venuta quell'idea?"

"Beh, signor R, ho pensato per tutta l'estate a come creare quel sistema di proiezione e, sebbene io non riesca a duplicarlo, penso che potremo fare una presentazione altrettanto interessante."

"È un'ottima idea. Non vedo l'ora di vedere cosa ne verrà fuori."

"Grazie, signor R. Ci vediamo."

Le due classi successive passarono più rapidamente. Durante la terza ora, Steven Chew chiese: "Signor R, incontreremo Robert E. Lee quest'anno?"

"Spero di no, Steven. È morto dal 1870." La classe apprezzò la battuta di spirito, ma Steven aveva qualcosa da aggiungere.

"Sa cosa intendo, signor R. Quando arriveremo alla Guerra Civile assisteremo a uno spettacolo come la classe dello scorso anno? Ho letto due libri su Lee durante l'estate. Penso che sarebbe fantastico parlargli."

"Steven, non credo che il signor McAllister voglia che lo faccia di nuovo, quindi probabilmente no. Comunque sono felice che tu abbia letto qualcosa sul Generale Lee. Era un uomo affascinante."

Fritz diede un'occhiata ai volti della classe. Sguardi sconsolati ovunque. *Speravano tutti di poter fare dei viaggi nel passato. Potrei riuscire ad elaborare un modo per farlo.* "Non mettete il muso. Questo sarà l'anno più importante del liceo. Manca solo un anno alle richieste per il College."

Nella lezione successiva, dopo pranzo, un nuovo studente prese la parola.

"Signor Russell?"

"Sì …?"

"Mi chiamo Ben, signor Russell. Ben Levine."

"Scusa, Ben, devo ancora imparare qualche nome."

"Va bene. I miei genitori hanno portato me e mia sorella in Francia e in Italia durante l'estate. Abbiamo visitato molte chiese e musei. Posso portare un po' della roba che ho preso lì? Roba che ha a che fare con ciò che stiamo studiando, intendo. Ho fatto un sacco di foto di quadri famosi e li ho elaborati con Photoshop."

Fritz, di nuovo sorpreso, disse: "Sarebbe fantastico, Ben. Puoi raccontarci anche i dettagli del tuo viaggio. Passa dopo le lezioni e ne parliamo. Grazie."

Quando si avvicinò la fine della lezione, Fritz disse: "Ok, ragazzi.

Avete i vostri compiti e abbiamo un lungo anno di fronte a noi, quindi diamoci da fare."

Ben si fermò alla scrivania di Fritz. "Ciao, Ben, mi chiamo Fritz Russell", disse, tendendogli la mano. "Piacere di conoscerti. Raccontami un po' del tuo viaggio."

Un po' sorpreso, Ben disse: "Salve, signor Russell. Piacere mio. Lei ha insegnato alla mia sorella gemella l'anno scorso."

"Brandy? Ce l'ho di nuovo quest'anno."

"Eh già." Comunque, i miei genitori hanno detto che sarebbe stato bello se ci fossimo fatti ciò che mia madre definisce 'un po' di cultura'. Siamo andati per due settimane a Parigi e a Roma, con qualche viaggio secondario, a luglio. È stato carino."

"Cosa ti è piaciuto di più?"

"Penso Parigi. Ma il tempo era migliore, quindi magari è stato quello a fare la differenza. Roma era davvero calda. Mi è piaciuto molto il Louvre. Ma mi sono piaciuti anche San Pietro e il Vaticano."

"Hai detto di aver fatto delle foto. Perché non organizzi una presentazione e mi fai sapere se ti serve dell'attrezzatura?"

"Ho tutto ciò che mi serve, signor Russell. Posso usare il mio portatile e il mio proiettore. Mi serve solo un muro. O uno schermo, se ne ha uno."

"Ok, Ben. Quando sarà tutto pronto, portalo qui."

"Certo, signor Russell. Mi metto subito al lavoro." Quando la classe successiva iniziò ad entrare, Ben disse: "Ci vediamo", salutò e se ne andò.

Dopo le ultime due classi, Fritz pensò al lungo weekend di lavoro che lo aspettava. Non solo i suoi appunti, ma anche le sue lezioni dovevano essere aggiornate. Valutò che compiti e letture aggiuntive gli avrebbero permesso di capire quanto avrebbe potuto spingere i ragazzi all'inizio dell'anno, in modo che fossero in anticipo sul programma di studi entro Natale. *Questo è solo il secondo giorno. Siamo già in anticipo rispetto all'anno scorso. Non si sono lamentati. Hanno fatto tutti i compiti. Sono attenti. Devo essere preparato quanto loro.* Quando girò l'angolo per tornare dall'ufficio, Sandy e Ashley lo aspettavano nel corridoio.

"Entrate", disse, mentre apriva la porta.

"Non posso restare molto", disse Sandy. "Ho ancora delle pulizie da fare prima di domani." Diede un'occhiata ad Ashley.

Appoggiandosi alla sua scrivania, Fritz disse: "Stavo parlando con George. Ancora non gli piace l'idea di usare il portale, ma credo che Lois gli stia facendo cambiare idea."

"Quindi lo userai prima che arrivino le truppe?" chiese Ashley.

"Truppe?"

"Mi spiace, Sandy, non posso fornirti i dettagli. Il presidente ha un problema. So come la pensi, Ash. Ma se prima vado a verificare, potrei scoprire se ci sono dei problemi. Penso anche che sia possibile aumentare la precisione della destinazione. Ho la sensazione che sia meglio essere precisi."

"Se vai a vedere Shakespeare, voglio venire con te. Ho già il libro."

"Sandy, lo so. Ci penserò . Sappiamo della chiave e dei libri sulla scrivania, ma quando ho visitato il Generale Lee per lui era passato un giorno intero, mentre qui da noi erano trascorsi solo cinque minuti. Devo scoprire come si sposta il tempo."

"Amico, stai giocando a un gioco pericoloso", disse Ashley. "Anche se *puoi* uscire, non sai cosa succede qui mentre sei via. L'hai scoperto anche tu quando sei andato da Lee. Devi considerare questo aspetto."

"Sai che lo farò."

"Devo andare. Ma, Fritz, non sono d'accordo con Ashley. Penso che sarai prudente. E potrebbe essere un ottimo sistema per mantenere attenti i ragazzi. Ci vediamo."

Quando la porta si chiuse, Ashley disse: "Sei impazzito? Stai per avere un bambino. Linda sarà sconvolta. Non dovresti proprio farlo."

"Ash", disse Fritz, con un tono saldo come una roccia. "Non sto giocando. Sto facendo esperimenti con la storia e non voglio, ripeto, non voglio fare qualcosa di stupido. In questo momento, vorrei scoprire se il portale funziona. Il clima è propizio. Tornerò a trovare Lee nella sua scuola. Vorresti incontrarlo?"

CAPITOLO QUATTRO

FRITZ INFILÒ LA CHIAVE nella serratura della scrivania e posò il libro su Lee sul lato sinistro della sua superficie. Con una matita, segnò la sagoma del libro sulla scrivania. "Ora so esattamente dove si trova il libro nel momento in cui arriveremo dall'altra parte, così potremo tracciare i nostri viaggi. Andiamo!" Tornato nel corridoio e chiusa la porta, Fritz afferrò la maniglia.

"Il portale è aperto. Mi ha dato la scossa", disse. "Sei pronto?"

Ashley disse: "Procedi, Macduff."

Fritz aprì la porta ed entrarono entrambi nell'ufficio di Robert E. Lee. "Signor Russell, piacere di rivederla", disse il generale, alzandosi e porgendogli la mano.

Fritz disse: "Salve, Generale. Felice di vederla in buona salute. Posso presentarle il mio amico, Ashley Gilbert? È anche lui un'insegnante nella mia scuola." Ashley strinse la mano a Lee e guardò il volto gentile dell'uomo di cui aveva tanto sentito parlare. Fritz sorrise, quando Ashley si guardò la mano.

Ashley si guardò intorno e, dalla sua espressione, Fritz capì che ora comprendeva il motivo del suo entusiasmo. Fuori dalla finestra, sopra le loro teste, vide terra ed erba. Guardò Lee e si rese conto che l'università lo aveva ficcato in un seminterrato. C'era un piccolo tavolo ricoperto da un panno decorato, utilizzato da Lee come scrivania. Dietro di lui c'era una credenza con alcuni ripiani per i libri. Su un lato, c'era un armadio che sembrava un piccolo scrittoio ordinatamente organizzato, con penne d'oca, un calamaio e un piccolo fascio di fogli. Non c'era nessuna decorazione appesa alle pareti, nessun cimelio esposto da nessuna parte.

"Quello è un pezzo interessante, Generale", disse Ashley, indicando la credenza. "Le gambe sono originali?" I piedi artigliati sembravano zampe di leone ma non corrispondevano al colore della credenza.

"Beh, grazie, signor Gilbert. Ci accontentiamo di ciò che troviamo, di questi tempi. Volete sedervi? Posso offrirvi una tazza di tè?"

"No grazie, Generale", disse Fritz. "Non possiamo trattenerci a lungo. La scuola ha appena ripreso dopo le vacanze estive e volevo vedere se il portale funziona ancora."

"Beh, sembra di sì", disse Lee con voce gioiosa. "Ma ha detto di aver fatto una pausa estiva? Per quanto tempo, se posso chiedere?"

"Dalla fine di giugno ad ora, l'inizio di settembre, quindi più di due mesi."

"Signor Russell, questo è molto interessante. Solo due giorni fa, il base al mio tempo, prendevamo il tè insieme."

"Davvero?" chiese Fritz. "Generale, questa è una cosa sorprendente. Ricorderà che l'ultima volta che ero venuto in visita per lei era passato un giorno intero, mentre nel mio tempo erano passati solo cinque minuti."

"Certo, lo ricordo." Aprì gli occhiali. "È successo solo due giorni fa. Il suo portale sembra avere un orologio tutto suo, signor Russell."

Fritz ci pensò per un momento. "Generale, non ho ancora ben chiari tutti gli aspetti del portale. Sarebbe disposto a fare da cavia?"

"Fare cosa?"

"Scusi, Generale. Le sto chiedendo se vorrebbe fare esperimenti con me per valutare alcuni dei dettagli più sottili del portale."

"Beh, sono felice che lei non abbia in mente di trasformarmi in una di quelle … cavie. Cos'ha in mente?" Lee rigirò la stanghetta degli occhiali fra il pollice e l'indice. "Signor Russell, il suo sorriso mi dice che ha in mente qualcosa. Di cosa si tratta?"

"Generale, sta rigirando gli occhiali. Ho letto che lo fa quando è pensieroso. Sembra che quello scrittore avesse ragione. Ma lasci che le spieghi cosa abbiamo scoperto. Per entrare nel portale ci vogliono un temporale, la chiave della mia scrivania inserita nella sua serratura, delle graffette sulle pagine dei libri e un libro sulla mia scrivania nel posto giusto."

Lee lo interruppe. "Vuol dire che il fulmine e la chiave della sua scrivania aprono il portale? Sembra l'esperimento del dottor Franklin. Ma cos'è una graffetta?"

"È un filo sagomato per tenere insieme dei fogli di carta. Ash, ne hai una?" Ashley si controllò nelle tasche, una normale fonte di cianfrusaglie.

"Ecco", disse Ash, e la diede al Generale Lee.

"Grazie, signor Gilbert. Come funziona?" Ashley si alzò, prese un libro dalla scrivania del generale e unì un paio di pagine con la graffetta.

"Molto utile."

"In realtà, Generale, penso che ci sia già un brevetto per questo. Del 1867."

"Interessante. Dovrò indagare. Posso tenerla?"

Fritz disse: "Generale, fino a quando non scopriremo di più su come questi viaggi nel passato influenzano il futuro, è probabile che non sia una buona idea."

"Oh, beh", disse il generale, restituendo la graffetta ad Ashley. "Signor Russell, quando ne saprà di più, pensa di potermi riportare con lei? Vorrei ancora vedere le sue automobili."

"Generale, se potremo farlo senza causare dei danni, certamente. Ma dato che sappiamo che il portale in questo momento è aperto, possiamo provare a ritornare subito?"

"Certamente. Sarò qui. Sarà interessante da vedere."

Fritz esitò. "Generale, possiamo lasciare un biglietto qui? Con una data e un'ora, per poter osservare eventuali cambiamenti?"

"È un'ottima idea. Scriverò una nota e mi ricorderò di non rimuoverla, casomai doveste tornare in un momento distante. Sarà un esperimento interessante, signor Russell. Credo che ci rivedremo presto."

Fritz e Ashley tornarono nella classe di Fritz, al libro con la graffetta.

"Ash, facciamolo. Sposterò un poco a sinistra il fermaglio e segnerò la posizione con una matita. È arrivato il momento …" Guardò il suo orologio: "Le 15:07 del 10 settembre." Lo annotò nel libro. "Riproviamo."

"Signor Russell, piacere di vederla. Ma non mi aspettavo di rivederla così presto."

"Salve, Generale. Può dirmi che giorno è e che ore sono?"

"Oggi è il 22 aprile 1868." Lee prese l'orologio da taschino. "Sono le 15:08."

"E che giorno era quando abbiamo discusso del nostro esperimento?"

"Esperimento? Quando era qui ieri, abbiamo parlato dell'assassinio del signor Lincoln, ma non abbiamo parlato di un esperimento. Ma non voglio essere scortese. Vorrebbe fare le presentazioni, signor Russell?" Il generale si alzò. "Io sono Robert Lee", disse, porgendo la mano ad Ashley.

"Piacere di conoscerla, ehm, Generale."

"Scusi, signore. Lui è Ashley Gilbert. Anche lui è un insegnante, è un mio amico. In realtà, lei l'ha già incontrato. Ma a quanto pare è successo in un incontro futuro. Generale, c'è un biglietto sulla sua scrivania? Con una nota che dice di non spostarlo?"

"Beh, sì. L'ho trovato qui stamattina. È scritto con la mia calligrafia, ma non ricordo di averlo mai scritto."

"Qual è la data e l'ora che c'è scritta, Generale?"

"Molto interessante che lei sappia del biglietto, signor Russell."

"Le ho chiesto io di scriverlo, Generale. Questo fa parte dell'esperimento. Stiamo cercando di fissare con precisione la data e l'ora."

"Ecco il biglietto. È per domani, verso quest'ora."

"Generale, se per lei va bene, vorrei riprovarci. Saprà dell'esperimento quando la rivedremo."

"Giovanotto, posso dire che questo è molto insolito, ma affascinante."

"Allora ci rivedremo. Presto, spero."

Fritz e Ashley tornarono nel corridoio, poi entrarono in classe. "Spostiamo la graffetta a destra e riproviamo."

"Benvenuto, signor Russell. Vedo che ha trovato la strada per tornare. Ma non al tempo che ho scritto sul biglietto."

"Che giorno è, Generale?"

"Oggi è il 25 aprile. Ma siete arrivati all'incirca nello stesso momento. Ora sono le 3:24 del pomeriggio."

"Abbiamo sbagliato di due giorni. Generale, siamo venuti a trovarla due volte negli ultimi due giorni?

"Lei e il signor Gilbert sì, ma una volta è venuto anche da solo. Sembra che lei e il suo esperimento siate abbastanza precisi."

"Generale, questa è una buona notizia. Devo pensare a cosa possa significare, ma potremmo aver capito un altro pezzo del rompicapo. Grazie per l'aiuto."

"Sono curioso anch'io. Magari potrebbe spiegarmi."

"Generale, dobbiamo davvero andare via, per ora. È stato bello rivederla. Magari la prossima volta saremo in grado di rimanere un po' di più . E magari avrò capito abbastanza su questa storia da poterne parlare. Andiamo, Ash."

"È stato un piacere conoscerla, Generale", disse Ashley.

"Lo considero un onore, signor Gilbert. Torni di nuovo."

"Grazie, Generale", disse Fritz, entrando nel rettangolo fluorescente e riportando Ashley nel corridoio.

Mentre la porta si chiudeva, Ashley diede una pacca a Fritz e disse: "Wow. È stato incredibile. Ho stretto la mano a Robert E. Lee. E hai visto quella roba nel suo ufficio? Mi piacerebbe poterla guardare. Pensi che abbiamo imparato qualcosa? Dovresti scrivere tutto." Il ritmo staccato dei commenti di Ashley fece capire a Fritz quanto fosse entusiasta, ma anche sconcertato.

"Ora sai perché voglio scoprire di più su come funziona. Quando siamo entrati, ha detto che erano passati solo due giorni, mentre in realtà sono passati tre mesi dall'ultima volta che ci avevo provato. Immagino che il tempo non sia una linea retta, ma chissà come funziona. La graffetta è evidentemente un puntatore per il tempo, oltre che per la posizione. Sembra che una parte controlli la data e l'altra l'ora del giorno. Mi chiedo come siano collegate."

Ashley, ancora in estasi, chiese: "Posso aiutarti? Posso venire di nuovo con te?"

"Quindi ora capisci!" Fritz prese il libro e scorse le pagine fino alla metà. "Voglio rifarlo."

"Sì. Per andare dove?"

Fritz mostrò ad Ashley la pagina a cui si era fermato. "Gettysburg. Ho fatto una visita guidata, ma trovarmi lì sarebbe più interessante."

"Sei fuori di testa? Andare in un ufficio è una cosa. Ma quella è la battaglia più letale che sia mai stata combattuta sul suolo americano. Tanto vale che ti spari."

"Ash, molti posti sono abbastanza sicuri. E possiamo scoprire come la graffetta è collegata all'ora del giorno. Se andremo su una collina, magari una delle Round Top, avremo una buona visuale della carica di Pickett. Cosa ne pensi?"

"Spero che tu sia preciso. Voglio essere in alto e molto lontano. E in ritardo."

"Non sono sicuro di come regolare il tempo. La Carica di Pickett era finita più o meno a quest'ora del giorno. Quindi dovrebbe andar bene." Fritz girò le pagine alla ricerca di mappe. Indicò Little Round Top. "Questo punto è abbastanza in alto per noi e da lì potremo vedere molto. Se è finita, potremo tornare qui."

"E se non lo è? Fritz, è una cosa avventata. Forse dovremmo andare più a destra. Vedremo meglio e se sarà finita a me andrà bene."

"Ash, se andremo lì saremo vicini al centro delle linee dell'Unione. Ma dovremo essere cauti." Fritz mise una graffetta sul nome Hancock sulla mappa. "Andiamo!"

Fuori, in corridoio, Fritz guardò Ashley, entrambi presero fiato e, un passo dopo, furono circondati dal fumo. Forti raffiche di colpi di fucile provenienti da centinaia di armi echeggiavano fra le colline vicine. Non più di venti metri più avanti, un ufficiale vestito di grigio teneva un cappello su una spada, vicino all'elsa, e si avvicinava alla cima del muro di pietra, conducendo ciò che restava della sua brigata. Il suono acuto delle pallottole che schizzavano intorno a loro accompagnando le note di basso dei cannoni e le voci da tenore dei numerosi colpi di fucile. Il fumo non riusciva a mascherare l'odore metallico del sangue o l'impatto del metallo sul metallo, mentre lo schieramento che avanzava raggiungeva gli uomini in blu che cercavano di respingerlo con le baionette. Senza un posto in cui nascondersi e impreparati a proteggersi, Fritz e Ashley evitarono i soldati in blu correndo verso il muro di pietra.

Dietro di loro, un sergente con la barba e un giovane soldato che non sembrava abbastanza grande da potersi radere, caricavano i moschetti. Il giovane alzò lo sguardo, osservò la schiera di uomini in grigio che concentravano l'attacco e disse: "Quegli uomini sono pazzi."

Il sergente alzò la testa. "Figliolo, quegli uomini sono coraggiosi. Ora finisci di caricare."

"Ash, andiamo." Le sue parole suonarono come un sussurro, ma Fritz stava urlando. Attraversarono il portale.

"Non voglio più essere così vicino a una guerra", disse Ashley. "Riuscivo a malapena a vedere qualcosa."

"Abbiamo appena visto un momento importante per i Confederati, Ash. Il soldato con il cappello sulla spada era il generale Armistead e gli spareranno fra pochi secondi. Otterranno solo questo." Fritz si annusò la camicia. "Non so se sono io a puzzare di polvere da sparo o se tutto quel fumo è ancora nel mio naso."

"Se puzzi, ti toccherà dare delle spiegazioni." Ash si annusò la giacca. "Credo che dovremo darne entrambi. Ti sei guardato intorno?"

"Sì, cadaveri dappertutto. Ho visto un proiettile colpire il terreno a non più di un centimetro dal mio piede."

"No, ti sei guardato intorno? Hai notato il paesaggio? Che contrasto. Verde lussureggiante in lontananza, con colline e terreni agricoli, e il rosso dello spargimento di sangue in qualsiasi direzione potessimo guardare. Non so per te, ma per me è stato terrificante."

"Non riuscivo a vedere oltre il fumo."

"E guarda." Ashley si staccò una maglietta floscia dal petto. "Sono fradicio. Tu sei pazzo. La graffetta non ci è stata molto utile."

Fritz sospirò. "Sarà meglio che io scopra dove mettere quelle graffette. Altrimenti potremmo avere un grosso problema nel far arrivare i nostri ragazzi a Naria."

Si avvicinarono alla scrivania e aprirono il libro alla pagina in cui c'era la graffetta. "L'ho messa qui su Cemetery Ridge, proprio dove Armistead ha raggiunto il muro. Vedi?" Fritz indicò la linea di attacco degli uomini di Pickett. "Ma il momento era sbagliato. Ora sono le quattro passate. Abbiamo sbagliato di circa un'ora."

"Potrebbe essere la massima precisione che puoi raggiungere. No, aspetta. Hai detto un'ora. Fritz, l'ora legale. A quei tempi non l'avevano."

"Non mi è mai passato per la testa. La Pennsylvania è nel nostro fuso orario, quindi il tempo è corretto." Fritz batté il dito sulla graffetta. "Se spostassi la graffetta a sinistra, andremmo a un momento precedente. Magari a ieri. Questo lo sappiamo. Vuoi riprovare? Potremmo guardare la battaglia su Little Round Top. O magari andare un po' più indietro e guardare mentre gli eserciti marciano verso la città." Fritz sfogliò il libro. Una foto di Robert E. Lee nel suo quartier generale a Gettysburg gli diede un'idea. "Ash, guarda. Questa è la casa di Thompson a Seminary Ridge. Quello è Lee. Non ci riconoscerà, ma la prossima volta potremo dirgli che eravamo lì. Andiamo." Si diresse verso la porta.

"Fritz, per te è emozionante, lo so, ma stai parlando di Gettysburg. Non credo che farsi sparare sia una buona idea. Magari dovremmo trovare qualcosa di più tranquillo da visitare. Per esempio andare a vedere te mentre fai un pisolino."

"Divertente. Non ci sono combattimenti qui. Andiamo!"

"Ok, ma ora sai che il portale funziona ancora. Dovremmo restare solo un attimo. Andarcene subito. È una cosa da pazzi."

Fritz aprì la porta e tutti i suoi sensi vennero aggrediti. Il calore che poco prima li aveva fatti sudare, li colpì di nuovo mentre attraversavano il portale. L'odore acre della polvere da sparo era sospeso nell'aria umida del mattino. Era mescolato con l'aroma intenso dei cavalli vicini; gli occhi e il naso gli bruciavano. Lee era in piedi nel cortile e guardava, attraverso la nebbia del mattino, il campo pieno di cannoni e carri per le munizioni trainati da cavalli. Fritz e Ashley seguirono entrambi il suo sguardo che si perdeva sulle colline in lontananza, poi su un recinto e verso l'orizzonte, opaco per via della nebbia, poi su un albero, immerso in una solitaria riflessione.

Fritz si girò per guardare il generale. La sua momentanea solitudine sarebbe finita a breve. Tentato di avvicinarsi, si trattenne, notando le guardie accanto a lui con le baionette fissate sui moschetti. Quando si girò leggermente verso destra, Lee incluse Fritz e Ashley nel suo campo visivo. Quando incontrò lo sguardo di Fritz, lui lo salutò. Il generale studiò i due uomini che non si adattavano a quel tempo, portò la mano alla tesa del cappello e annuì in segno di saluto. Il martellare degli zoccoli alla sua sinistra distolse l'attenzione di Lee dai suoi futuri visitatori. "Andiamo, Ash."

Tornando al corridoio della scuola, Fritz esalò il respiro. "Ash, credo che siamo arrivati poco prima dell'attacco dell'artiglieria del 3 luglio. Gli uomini di Pickett si stavano preparando nel bosco."

"Fritz, sono felice di aver visto Lee e sono ancora più felice che non ci sia stata nessuna sparatoria. Ma ora andiamo a casa."

Ignorando Ashley, Fritz andò alla sua libreria e iniziò a leggere i titoli dei libri. "Potremmo andare ad Alamo, oppure che ne pensi del discorso di Martin Luther King, 'Ho un sogno', oppure … che ne pensi della firma della Dichiarazione di Indipendenza?"

"Penso che dovremmo andare a casa. Altrimenti sarà tua moglie a dichiarare l'indipendenza."

"Forse dovremmo portare anche lei, Ash. Potremmo andare a trovare i fratelli Wright al loro negozio di bici, prima che inventassero l'aeroplano. Dopo potremmo andare a trovarli a Kitty Hawk, dopo aver già fatto la loro conoscenza. Sarebbe fantastico."

"Penso che dovremmo pensare a quali problemi avremo quando il presidente vorrà usare il portale. Linda già non apprezza questa storia. Finirà col non apprezzare te."

DIECI MINUTI DOPO, Fritz e Ashley andarono a ritirare la cena che Linda aveva ordinato. Fritz disse: "Ash, mi chiedo cosa farà il presidente."

"A Linda può anche non piacere, ma è evidente che il presidente lo ritenga utile."

"È solo il secondo giorno di scuola e siamo nuovamente coinvolti in questa storia. Mi chiedo se terminerà mai. Però incontrare Lee non è male, eh?"

"Non è male. E per poco a Gettysburg non ci sparavano; anche quello è stato divertente?"

"Non parliamo di questo a Linda, ok?"

Fritz disse che l'uso del portale poteva aver cambiato i ragazzi. Avevano parlato del portale per tutta l'estate. Ashley disse che i cambiamenti potevano essere dovuti alle vacanze estive o alle storie raccontate dai loro amici. Fritz non era d'accordo. "Ash, credo che si tratti del portale. Voglio vedere se posso davvero usarlo per insegnare. Ora sappiamo come funziona, quindi perché non provare? Ieri i ragazzi mi hanno chiesto di poter fare un viaggio."

"Sarebbe bello usare il portale, ma i danni che potresti provocare sono un grosso rischio, amico mio." Ashley gli ricordò che Linda aveva paura che corresse rischi inutili. "Avrai un bambino, hai un lavoro e una moglie che sa di non potersi fidare di te per quanto riguarda questa cosa."

"Ash, ci conosciamo da un mucchio di tempo. Sai che non corro rischi inutili. E lo sa anche Linda. Ho l'opportunità di vedere il passato. Non l'ho chiesto io, ma credo che dovrei almeno esplorare il funzionamento del portale."

"Ho pensato che prima o poi avremmo avuto questa conversazione e ho pensato a ciò che avrei potuto dirti. Mi hai appena mostrato qualcosa di incredibile e spaventoso. Hai una cicatrice sulla guancia. Dovresti ricordare che corri dei pericoli quando entri." Ashley disse a Fritz in termini concisi che il portale non era un gioco o un giocattolo. Non gli importava della scoperta scientifica. Era un percorso imprevedibile su cui avrebbe dovuto mettere un cartello di *Zona Invalicabile*. "Fritz, non usarlo. Abbiamo già insegnato senza e possiamo ancora cavarcela benissimo così." Ashley si affrettò a sputare fuori tutto prima che Fritz lo interrompesse. "So che non sei spericolato, di solito, ma sei testardo e so che lo farai indipendentemente da ciò che ti dirò, quindi voglio che registri queste mie parole: non farlo. Incontrare Lee è stato fantastico, ma usare il portale potrebbe essere pericoloso."

Fritz rimuginò sull'avvertimento di Ashley, entrando nel vialetto con l'auto. Diede un colpetto al volante e mise la mano destra sulla spalla del suo amico. "Ci ho pensato per tutta l'estate. Ho avuto i tuoi stessi pensieri. Se deciderò di fare qualcosa, lo valuteremo insieme, ok?"

"Non è giusto. Mi trascinerai in questo incubo. Lo sapevo. Beh, ok, ma contesterò ogni singolo dettaglio."

"Fantastico. Andiamo a mangiare." Fritz scese dalla macchina.

Fantastico un cazzo, e anche Ashley scese dall'auto.

CAPITOLO CINQUE

PER NIENTE FELICE di sentire il loro racconto, Linda fu ulteriormente infastidita quando Ashley le disse quanto gli fosse piaciuto incontrare Robert E. Lee. "Gli ho stretto la mano, Lin. Dovresti venire." Fritz cercò di spiegarle l'importanza di scoprire il più possibile, ma sebbene avesse usato la sua migliore argomentazione logica, dovette accettare che lei non cambiasse idea. Si chiese anche se Ashley parlasse sul serio quando aveva affermato che sarebbe stato meglio non usare il portale.

"Hai un odore strano, sembra fumo. Dove altro siete andati?" chiese lei.

Ash disse: "Abbiamo oltrepassato un incendio per raggiungere il negozio."

"Beh, non è vero. Ashley, posso leggerti come un libro aperto." Si concentrò su Fritz. "E allora?"

Fritz non rispose. Odiava mentire a Linda, ma le sue opinioni sull'uso del portale avrebbero potuto venire a galla e lui non voleva litigare. Non solo non voleva litigare, ma voleva assaporare il fatto di aver assistito a un importante evento storico, sebbene triste. "Doveva essere l'ufficio di Lee. Aveva un fuoco acceso nei fornelli." Lei guardò Ashley e lui distolse lo sguardo.

"So che stai mentendo. Lo so sempre, Fritz. Se non vuoi dirlo, allora sei andato in un brutto posto. E non voglio saperlo." Gli fece uno sguardo torvo e gli disse di apparecchiare la tavola.

Continuò a piovere anche il giorno dopo, ma le previsioni non includevano tempeste. Fritz sperava che i meteorologi si fossero sbagliati di nuovo. *Non ho mai prestato così tanta attenzione al clima in vita mia.* La luce del mattino sembrava argento liquido riflesso dall'asfalto ricoperto di pioggia.

Sandy era irrequieta, mentre lo aspettava nella sua classe. "Ciao", disse lui. "Che succede? Non dovevano venire i tuoi genitori stamattina?" Le tenne la porta aperta. Lei gli disse che li aspettava subito dopo pranzo.

"Posso parlarti un attimo?" Lui le fece un cenno con la mano, invitandola ad entrare. "Fritz, so che sei il migliore amico di Ashley, quindi entrano in ballo le cose da uomini, ma fra noi era una bella cosa, ho pensato che stessimo bene insieme. Non pensavo che avrebbe fatto dietrofront con me. È per via di qualcosa che ho fatto? Puoi dirmi qualcosa?"

"Sandy, cerco di non farmi coinvolgere nelle faccende sentimentali delle persone, se posso evitarlo. Però questo posso dirtelo. Lui è un solitario, è un tipo indipendente e potrebbe volerci ancora un bel po' prima che pensi di sistemarsi. Devi decidere se vale la pena aspettare." Fritz vide la delusione apparire sul suo volto. Non sembrava una cosa passeggera.

"Grazie, Fritz. Almeno non è successo per colpa mia. Me lo stavo chiedendo."

Durante la prima ora, Fritz parlò della Via della Seta e dell'impatto delle rotte commerciali dalla Cina all'Europa sulla cultura. Alla seconda ora, la classe parlò dell'aereo e dell'automobile. "Come compiti a casa, fate una lista di tutte le invenzioni che vi vengono in mente e poi sceglietene cinque che ritenete più importanti. Scrivete brevemente perché le avete scelte."

La terza ora fu incentrata sulla nascita delle città sulla costa atlantica. Fritz spiegò che gli indiani non avevano capito che gli olandesi ritenevano di aver comprato Manhattan in cambio dei ninnoli e spiegò il ruolo del commercio e del baratto come valuta. Aveva intenzione di fare lo stesso durate la quarta ora, ma la classe finì col parlare dei diversi gruppi che erano arrivati dall'Europa e di come avessero influito sui luoghi in cui sbarcavano e si stabilivano. "Sapevate che i pellegrini erano diretti in Virginia?" chiese loro.

A pranzo, circondati da insegnanti che chiacchieravano e studenti che urlavano, Fritz e Ashley parlarono in toni cauti di come il presidente voleva usare il portale. "Ti dico una cosa", disse Ashley. "Se potesse fare ciò che abbiamo fatto noi ieri, si trasferirebbe qui, fosse anche solo per vedere cosa può fare il portale."

"Spero di no", disse Fritz. "Mi scontro con un dilemma ogni volta che ci penso. Ho paura che cambieremo le cose quando lo useremo. È fantastico, ma non ne conosciamo realmente le conseguenze. Immagina se Lee avesse impedito l'assassinio di Lincoln. Non riesco a immaginare cosa sarebbe successo. Potremmo anche non essere qui. Potrebbe anche diventare un mondo migliore, e non mi riferisco alla nostra possibile assenza."

"Ieri avrebbero anche potuto spararti. Perché usarlo?"

"Il presidente lo userà anche se non lo faccio io, quindi è meglio che sappia come funziona. E anche tu sembravi abbastanza entusiasta."

"Lo ero. Lo sono. Ma sarebbe diverso se lo usassi con i ragazzi, Fritz. Se io e te lo usiamo da soli, è una nostra scelta. Non hai altra scelta che occuparti del Presidente. I ragazzi non avrebbero speranze. Ecco la differenza."

Alla sesta ora, Fritz parlò ancora delle rotte commerciali. I ragazzi di seconda superiore parlarono delle invenzioni cinesi, come la polvere da sparo e gli spaghetti, di come questi prodotti erano arrivati in Europa e di come avevano influenzato la cultura europea. La sua classe della settima ora ebbe una vivace discussione sulle condizioni di lavoro all'inizio della Rivoluzione Industriale, di come le paghe basse, i lunghi orari di lavoro e lo sfruttamento minorile avevano accompagnato lo sviluppo delle industrie che fornivano prodotti al mondo. Fritz fu felice di vedere un gruppo di studenti estremamente attento.

Ma non vedeva l'ora di avere i suoi alunni di prima superiore. I loro compiti consistevano nello scrivere una lista di soggetti e di domande che un reporter avrebbe chiesto a un Repubblicano o a un Democratico su tali soggetti. Chiese agli studenti di dividersi in due squadre e stare in piedi ai lati opposti della stanza. Mentre si dividevano, Fritz disse: "Proviamo questo. In primo luogo, uno di voi selezionerà un soggetto della lista e la persona successiva dall'altro lato farà una domanda. Come un giornalista. Sarà una specie di dibattito. Nessuna aggressione verbale, il che sarà ben diverso da ciò che vedremo l'anno prossimo, quando inizieranno le elezioni presidenziali. Inizieremo da Jim Capelli, che sarà un Repubblicano. Avanti, Jim. Scegli un soggetto dalla tua lista."

"Sono contrario all'aborto. Penso che sia sbagliato uccidere un bambino."

Fritz disse: "Ok. Ora, John Boardman. Rispondi con una domanda, come la farebbe un giornalista."

John si grattò la testa. "Crede che il governo dovrebbe essere coinvolto in decisioni personali?"

Fritz disse: "Rispondigli, Jim."

Jim ci pensò su. "Il governo deve proteggere la vita."

"Ora fatelo nell'altro senso. Fred Eisman, tocca a te. Sarai un Democratico."

"Credo che le tasse debbano essere utilizzate per migliorare le condizioni di vita di tutti, soprattutto dei poveri."

"Tom Flanagan, fagli una domanda", disse Fritz.

Tom ci pensò un attimo e poi chiese: "Le tasse non stanno venendo utilizzate in modo abusivo per le persone che potrebbero trovare un lavoro?"

"Fred, la tua risposta", disse Fritz.

"Ciò che paghiamo va a beneficio di un sacco di bambini."

"Continuiamo." Poco prima della fine dell'ora di lezione, qualche tuono inatteso e un lampo fecero da sottofondo alla discussione. Le previsioni del tempo avevano sbagliato di nuovo e lui si distrasse brevemente per guardare fuori dalla finestra. Poi disse ai ragazzi che avrebbero fatto esercizi simili tutto l'anno.

"Sono fiero di tutti voi. Vi siete comportati in modo cortese e premuroso."

Jay disse: "Signor Russell, penso che sia stata dura, ma mi ha fatto pensare al perché è così difficile gestire il governo. Penso che entrambe le parti stessero proponendo buone argomentazioni."

"Grazie, Jay. Avete avuto tutti quella sensazione?" Si sentirono per lo più dei sì tranquilli. "Nel fine settimana, voglio che pensiate a ciò che ci ha rivelato la nostra discussione sulla gestione dei governi, a tutti i livelli. Nessun altro compito." I loro volti felici si illuminarono e il suono della campanella pose fine alla prima settimana. "Buon fine settimana."

Quando la classe si svuotò, arrivò Ashley. "Posso venire a cena?"

"Chiamo Linda." Dopo aver rimesso il telefono in tasca, Fritz disse: "Non cucinerà. Sta lavorando. Ha detto che sei il benvenuto, ma dobbiamo comprare qualcosa."

"Per me va bene."

"Ok, prima passo a trovare Lee. Se il portale si apre. Oggi non erano previsti dei temporali."

"Posso venire?"

"Se vuoi."

Fritz sentì la scossa e annuì ad Ashley, girò la maniglia ed entrò ancora una volta nell'ufficio di Lee. Vennero accolti con piacevole sorpresa da Lee, che offrì loro il tè, e stavolta si trattennero. Fritz gli spiegò tutto ciò che aveva scoperto sul funzionamento del portale e Lee raccontò loro ciò che era successo nel suo mondo dalla fine della Guerra Civile. Ashley chiese se potesse guardare la collezione di libri e documenti di Lee e il generale gli fece fare un giro dell'ufficio.

"Le piace dirigere un college, Generale?"

"I presidi mi hanno gentilmente offerto questo posto. Ho una casa in fondo alla strada. E mi piace lavorare coi giovani che studiano qui. Ciò che mi ha creato delle difficoltà è l'impulso naturale dei giovani a comportarsi male. Ho istituito un sistema d'onore e funziona abbastanza bene. Ma sono incappato nella necessità di rimuovere alcuni criminali. Penso che non sia molto diverso dal formare un esercito. Ma senza l'urgenza è più difficile."

Fritz disse: "Credo, signore, che lei avrà successo nei suoi sforzi."

"Grazie, signor Russell. Immagino che lei conosca già i miei risultati." Fritz annuì, ma non disse nulla.

"Generale, quando ci siamo conosciuti abbiamo parlato della riconciliazione del paese dopo la guerra. Come pensa che stia andando?"

Lee sospirò e si accarezzò la barba. "Signor Russell, francamente sono deluso. Un gruppo vendicativo, a Washington, sta dettando dei termini molto duri. Speculatori e furfanti ci sono piombati addosso. E, tramite quello che chiamano l'Ufficio dei Liberti, hanno confiscato e ridistribuito la terra. Inoltre, non sono sicuro che concedere ai liberti il diritto di voto, in questo momento, sia una buona idea. Signor Russell, molti dei nostri problemi devono ancora essere risolti."

"Generale, mi piacerebbe sapere se posso dirvi cosa accadrà senza cambiare le cose e vorrei anche poter parlare di diversi punti di vista su ciò che sta accadendo nel vostro tempo", disse Fritz. "Ma per ora è meglio di no."

"Signor Russell, ce la caveremo, glielo assicuro. Temo che non sarà facile. Troppe cose stanno cambiando troppo rapidamente. Sa, sono sicuro che questo cambiamento non stia venendo accettato facilmente. Il nostro stile di vita è stato eliminato e stiamo tutti imparando ad adattarci."

"Generale, ieri io ed Ash abbiamo provato il portale. Siamo andati a Gettysburg, la mattina del terzo giorno, credo. Lei era davanti al suo quartier generale. L'ho salutata."

Lee si chinò in avanti e con la mano destra si accarezzò la barba. "Per tutti questi anni, ho avuto un'immagine di quel momento. Mi chiedevo se la mia immaginazione mi stesse facendo degli scherzi. Ho girato la testa verso dei cavalli al galoppo e, quando mi sono rigirato, non c'era nessuno."

"Eravamo noi, Generale." Fritz si trattenne dal raccontargli di più sul loro precedente viaggio al Cemetery Ridge. "Volevo salutarla, ma in quel momento non ci avrebbe riconosciuti. Lei era lì tutto solo, stava avendo un breve momento di tranquillità."

"Signor Russell, sono felice che lei mi abbia raccontato questa storia. E ora, guardandovi, sembrate proprio uguali, è una cosa successa cinque anni fa." La sua voce si incrinò e lui guardò fuori dalla finestra. "Quel giorno mi ha perseguitato. Sono grato che almeno una un suo aspetto sia ora stato spiegato."

Fritz controllò l'orologio. "Generale, grazie mille per averci permesso di visitarla. Non siamo esattamente ospiti annunciati."

L'attenzione di Lee si rivitalizzò. "Signor Russell, devo dire che mi piacciono le sue visite. Sono lieto che lei apprezzi l'importanza di ciò che abbiamo fatto al mio tempo e spero di poterne sapere di più sul suo. Ma forse al momento non è una buona idea. Posso offrirvi altro tè?"

"Generale, grazie, ma non posso accettare. Dobbiamo andarcene. Nessuno sa che siamo qui! Per il nostro esperimento, puoi dirmi la data di oggi? Ieri era il 25 aprile."

"Oggi è il 6 maggio 1868, signor Russell. L'ultima volta che lei è venuto qui, ci siamo incontrati per caso. Ero qui di sabato per compilare un rapporto. Oggi è mercoledì. È in grado di regolare i tempi delle visite con la sua graffetta?"

"Generale, come le ho detto prima, stavamo cercando di tornare esattamente al momento in cui eravamo qui l'ultima volta. Sembra che il tempo cambi a diversi ritmi quando entriamo nel portale. Ancora non sappiamo come o perché."

"Signori, è davvero un piacere far parte del vostro esperimento. Spero che avremo presto altri incontri. Però, signor Russell, per favore scopra se posso venire con lei. Sa, le automobili." Il generale sorrideva come un bambino.

"Forse la prossima volta avremo una risposta per lei, Generale. Ma ora dobbiamo veramente andarcene. Siamo qui da circa un'ora. Mi chiedo da quanto tempo siamo via, nel mio tempo. Grazie ancora per la sua ospitalità. E per il suo aiuto."

"Ci vedremo la prossima volta", disse il generale, stringendo la mano ai suoi visitatori.

"**Wow. È TUTTO** ciò che posso dire. Wow."

Ash, andiamo. Ma fammi un favore. Non diciamo niente a Linda."

"Capito. Abbiamo tempo per andare da un'altra parte?"

"Dove vorresti andare?"

"Non lo so. Che ne dici di un concerto dei Beatles? Magari il primo che hanno fatto negli Stati Uniti?"

"Dove lo hanno fatto, lo sai?"

"No, ma ho il portatile in classe."

Ash, hai una stampante? Mi serve una mappa o una foto."

"Non hai un libro sul ventesimo secolo? Di sicuro menzionerebbe i Beatles."

"Diamo un'occhiata." Fritz trovò il libro, ma l'unica foto era del programma di Ed Sullivan, la loro prima apparizione televisiva in America. "La loro prima apparizione in concerto fu a Washington, al Washington Coliseum, ma non c'è nessuna foto. Mi spiace. Possiamo rimandare. Il Sullivan show probabilmente è troppo pubblico per usare il portale. Qualche altra idea?"

"Vedi se c'è una foto di Secretariat che vince una delle corse triple crown." Fritz aprì l'indice e scosse la testa.

"Quando avremo una stampante, potremo iniziare a stampare dei posti in cui andare", disse Fritz. "Non sono mai stato al Kentucky Derby, in realtà non sono mai stato a nessuna corsa simile. Ma potremmo perderci fra la folla. Sarebbe molto figo. Ma anche in questo caso, Linda non dovrebbe saperne niente."

Prima di salire nelle rispettive auto, Ashley guardò Fritz molto attentamente. *Forse Linda ha ragione.* Si chiese se tutta questa storia del portale stesse veramente cambiando il suo amico.

CAPITOLO SEI

FRITZ E LINDA stavano bevendo la seconda tazza di caffè, quando la porta sul retro si aprì ed entrò Ashley con un sacchetto della spesa fra le braccia. "Ciao, ragazzi", disse Ashley, luminoso come il sole del mattino. "Ho portato la colazione."

Linda disse: "Sai, Ash, non ci vorrà molto prima che tu debba comprare anche il cibo per il bambino."

Fritz lo ignorò e disse: "Il caffè è caldo", poi tornò al suo giornale, alla ricerca di storie sul Medio Oriente.

Ashley mise la sua giacca sulla spalliera della solita sedia, si sedette, prese il resto del giornale e lo aprì alla sezione sportiva. "Quest'anno dovremmo avere una bella squadra di football, anche se Jimmy Junior si è laureato." Fritz guardò Linda, che fissava Ashley. Poi lo fissò anche lui. Quando Ashley si accorse dei loro sguardi, disse: "Che c'è?"

"Cosa significa, che c'è?" chiese Linda. "Tu sai che c'è. Allora, ce lo dirai?"

"Dirvi cosa?" chiese Ashley.

"Jane Barclay."

"Abbiamo avuto una bella conversazione."

"Quindi?" lo sollecitò Linda.

"Vuoi un po' di torta al caffè?" chiese Ashley.

"Lois si sbaglia, sai. Non è carina, è una bellezza strepitosa", disse Linda. Ashley tagliò una fetta di torta.

"E mi ha dato il suo numero di telefono."

"Quindi?"

Prima di poter dare un morso, disse: "Oh, va bene. L'ho chiamata ieri sera."

"Quindi? Ashley, sputa il rospo!"

Ashley si afflosciò e disse loro che Jane aveva trent'anni ed era single. Aveva un dottorato in fisica e aveva fatto un post dottorato ad Harvard in diritto pubblico e internazionale. Ufficialmente, lei lavorava alla sicurezza nazionale, ma veniva assegnata ad altri dipartimenti. "Il suo titolo è assistente segretario per qualcosa. Questo per quanto riguarda la sicurezza nazionale, però lavora anche col vicedirettore della CIA. Alle Operazioni."

"Non potrebbe avere dei problemi nel dirti queste cose?" chiese Fritz.

"No. Sa del nostro giuramento, quindi siamo tutti considerati degni di fiducia."

"Spero le cose rimangano così", disse Linda.

Fritz chiese ad Ashley cosa avrebbe preparato per colazione. "Uova strapazzate, pancetta e toast", disse. Fece anche un gran casino. Mentre stavano cucinando e durante le pulizie, discussero della cena, dell'incontro e dell'imminente missione sui nariani. Fritz disse che entrare nel portale in diversi siti allo stesso tempo lo preoccupava.

"Non so se si può fare. Non capisco cosa succederà se il portale è aperto in un posto e io mando un altro gruppo da qualche altra parte." Quanta elettricità sarà necessaria per tenere aperte sette destinazioni contemporaneamente? Riusciremo a farli uscire tutti? "Ho un mucchio di domande."

"Non ci avevo pensato", disse Linda.

"Nemmeno io", disse Ashley.

"Chiamerò il presidente. Probabilmente hanno preso in considerazione tutto questo, ma voglio esercitarmi. Magari oggi stesso. Non riuscirei a pensare alle mie classi." Fritz aveva il numero del presidente fra le chiamate rapide e si accinse a prendere il telefono. Proprio in quel momento, squillò.

"Buongiorno, signor Russell. Come va? Come sta Linda?"

"Salve, signorina Evans. Va tutto bene, grazie."

"Vuole parlarle. Gli farò sapere che è in linea. Aspetti un momento, per favore."

In pochi secondi, il presidente prese la linea. "Ciao, Fritz. Volevo dirti che Tony Almeida sarà alla scuola stasera alle sette. Verrà assieme a Tom Andrews."

"Salve, Signor Presidente. Stasera alle sette." Guardò Linda e Ashley. Entrambi annuirono. "Grazie ancora per la cena. Ash è qui e ne abbiamo discusso, immagino che la definireste una missione. Ho delle preoccupazioni su Naria." Fritz gli espose i problemi che aveva appena accennato a Linda e Ashley. "Dovremo di fare una prova. Penso che dovrebbe essere a un posto più o meno alla stessa distanza."

"Fritz, abbiamo pensato agli stessi problemi." Il presidente gli spiegò che voleva che tutti i leader delle squadre di incursione conoscessero la sensazione del viaggio attraverso il portale e sapessero come ritrovarlo per uscire. Voleva che lo attraversassero tutti, prima per una prova, poi in destinazioni multiple, più o meno alla stessa distanza della missione vera e propria. "Prima che facciamo arrivare tutta la squadra. Puoi farlo?"

"Non lo so. Quanti ce ne saranno in ogni squadra, nella missione vera e propria?"

"Da dieci a quindici, distribuiti su sette siti", disse il presidente.

"Quando propone di andare sul serio?"

"Non posso dirlo con certezza. Dipende da quanto velocemente possono essere preparati. Ma deve succedere presto."

"E se il portale si interrompesse mentre l'operazione è ancora in corso?"

"Allora saremmo in guai seri."

"Se stasera funziona, potrei essere disponibile per domani." Fritz volle assicurarsi che organizzassero il viaggio di prova per andare in qualche posto in cui ci fosse qualcuno. "Signor Presidente, devo essere preciso. Credo che debbano avere tutti un telefono con cui contattare la scuola, casomai il portale dovesse essere modificato. Devo capire se posso farlo."

"Fritz, nessuno sa come gestire questa cosa. Nient'altro?"

"Signor Presidente, non so come abbia pianificato di trasportare tutta quella gente qui, ma non può parcheggiare un mucchio di camion militari nel parcheggio. La scuola ha dei vicini. La gente va e viene. Essendo una scuola, la polizia la controlla regolarmente. Magari potremmo chiedere aiuto all'agente Shaw."

"Fritz, lascia che sia il mio staff ad occuparsi della polizia."

"Mi faccia solo sapere quando vuole farlo."

"Ho preso appunti mentre parlavamo. La signorina Evans li trascriverà e ti manderà un'email. Leggila, vedi se ho trascurato qualcosa e aggiungi qualsiasi altra cosa ti venga in mente. Metto in moto gli ingranaggi e ti richiamo tra un paio d'ore."

"Ci sentiamo, allora."

"Allora, com'è la questione?" chiese Ashley.

"Non sono pronti. Non conoscono tutte le risposte. Non possono conoscerle. Sta mettendo in moto le cose e richiamerà tra un paio d'ore." Fritz si grattò dietro l'orecchio sinistro. "Pensi che dovrei chiamare George?"

Ashley disse: "No. Assolutamente no. Se glielo dici arriverà qui entro due minuti."

"Lily Evans sta battendo a macchina gli appunti del presidente e me li manderà via email. Dovremmo pensare a che altro potremmo aver dimenticato." Mentre aspettavano, discussero di cos'altro potesse essere necessario. Fritz prese appunti. Sollevando lo sguardo, gli venne in mente un pensiero. *Questa cucina è la nostra sala operativa.*

"Hanno un modo per portar via i prigionieri senza che loro scoprano dove si trova il portale?" chiese Linda.

Ashley aggiunse: "Se portano fuori computer e altro materiale, hanno un modo per controllare se ci sono trappole esplosive prima farli arrivare qui? Non vogliamo che facciano saltare in aria la scuola."

"Non parliamone a George", disse Fritz. "Devono anche completare il lavoro e andarsene prima dell'inizio delle lezioni.

"Mi chiedo quanto tempo ci metteranno", disse Linda.

"Un'altra bella domanda", disse Fritz.

Mentre parlavano e prendevano appunti, Fritz ogni tanto guardava la sua email. Finalmente arrivò il messaggio. Lo lesse ad alta voce, digitò la lista che avevano preparato e la inviò in risposta alla mail. Ricevette subito una risposta: "Grazie".

"Mi chiedo dove andranno per il viaggio di prova." disse Fritz. Studiarono di nuovo l'email. "Probabilmente è meglio che vadano in un'area aperta in cui non ci sono degli estranei, ma se dovessero rimanere bloccati? Qualcuno che sa come appare il portale dall'altro lato deve essere con loro."

"Aspetta, giovanotto", disse Linda. "Tu non andrai in missione. Assolutamente no!"

"È solo per una prova, Lin."

Ashley li interruppe: "Posso andare io." Linda e Fritz lo guardarono. "Ne ho passate tante. So che aspetto ha. Lo farò se non potranno usare uno degli agenti dei servizi segreti che hanno usato il portale l'anno scorso per venire a scuola dalla Casa Bianca."

"No, Ashley", disse Linda.

"Sei sicuro?" chiese Fritz.

"Tutto ciò che devo fare è attraversarlo e poi tornare. Posso mostrare loro cosa cercare e posso dire a voi cosa succede dentro."

"Speri solo che ti veda il dottor Barclay", disse Linda. Ancora una volta, lei scosse la testa. "È un modo eccezionale per mettersi in mostra."

"Non mi sto mettendo in mostra. Sto facendo il mio dovere patriottico." Sebbene la risposta fosse seria, gli brillavano gli occhi.

Mentre aspettavano la chiamata del presidente, Fritz evitò di parlare del portale, ma Ashley suggerì a Linda di venire anche lei a fare un viaggio nel portale. Le disse che sarebbero potuti andare a trovare i fratelli Wright al loro negozio di biciclette in Ohio. Suggerì anche che avrebbero potuto visitare il posto in cui era cresciuta, per vedere che aspetto avesse ora.

Lei colpì il tavolo. "È stato Fritz a convincerti?"

"No, non l'ho convinto di niente. Questo è un frutto del suo strano cervello."

"Sarebbe divertente, Lin", disse Ashley.

"No. Non lo sarebbe. Voi idioti non sapete cosa lo stia causando o cosa potrebbe succedere quando lo usate. Siamo qui ad aspettare un altro idiota che vuole giocare col vostro giocattolo. Nessuno di voi sa che danni stiate causando. Non ho paura per me, ma per il bambino e per aver perso il padre di mio figlio in una nebbia oscura. È già abbastanza brutto che il presidente ci voglia giocare. Non mi piace il portale e vorrei che sparisse."

Fritz distolse lo sguardo da lei, guardando Ashley. Il suo caffè aveva un sapore diverso nel risalire, rispetto a quando era sceso. "Scusami." Ashley continuò a insistere, dicendole che poteva scegliere dove andare o magari pranzare in un posto esotico, come Parigi. Con un accento francese approssimativo, la fece accomodare in un caffè, suggerendo le specialità della casa e indicando persone famose che passeggiavano sul marciapiede. Lei scosse la testa, gli disse che era pazzo e disse di no. La sua rabbia si placò, ma, come un iceberg, rimase appena sotto la superficie.

Qualche minuto dopo mezzogiorno, squillò il telefono di Fritz. Fritz diede a Linda e Ashley delle copie della sua lista. "Siamo tutti qui alla Casa Bianca, Fritz, e abbiamo delle domande per te." Per la mezz'ora successiva, col telefono in vivavoce, Ashley, Linda e Fritz ascoltarono e aggiunsero commenti occasionali.

"Quando vuole provarlo?" chiese Fritz.

"Domani sera", disse il presidente. "I leader delle squadre sono stati avvisati."

"Che mi dice del clima?"

"Tony Almeida sarà lì con la sua attrezzatura. Controllerete stasera e, se tutto va bene, noi saremo lì domani. Nel frattempo, saremo ottimisti e prepareremo tutto il materiale di cui avremo bisogno. Fritz, voglio anche provare a raggiungere destinazioni multiple. Solo una o due, per ora."

"Sarà nel suo ufficio stasera?"

"Ci sarò. Meglio provare a venire qui, prima. Hai già fatto quel viaggio."

"E le mappe? Avete delle foto?"

"Il dottor Barclay avrà le mappe." Fritz guardò Ashley. "Non credo che abbiamo delle foto. Ha importanza?"

"Non lo so. Non ci ho mai provato. A che ora arriverete?"

"Saremo a scuola alle otto e mezza."

"Signor Presidente", disse Fritz. "Chiamerà George? Sarebbe meglio che lo facesse lei."

"Ok, lo chiamerò. Posso fare più pressione di te."

"Grazie. Ci sentiamo dopo. Saremo lì alle 8:25. Arrivederci."

Dopo cinque minuti, George li chiamò.

"Fritz, sapevi che porteranno un'intera squadra?'

"George, tu fai parte di questa squadra. Si tratta di un'importante operazione di sicurezza nazionale e di una significativa operazione militare. Devi preoccuparti di questo, come prima cosa. La scuola sarà a posto. Non ti sto dicendo cosa fare, ma io e te siamo secondari. Dobbiamo lasciare che facciano ciò che fanno e aiutarli come possiamo."

"Ok, Fritz, ma …"

"Niente ma, George! Andrà tutto bene. Il mondo sarà un posto più sicuro."

"Il presidente ha detto che ci proverai stasera. Con Tony Almeida."

"Alle sette, George. Solo per qualche minuto."

"Devo esserci?"

"No, a meno che tu non voglia. Mi limiterò a verificare se ciò che Tony ha creato funziona veramente."

"Allora non verrò."

"Ci vediamo domani sera, allora. E, George, vieni un po' in antici-po", disse Fritz. Si sentiva strano a dare ordini al suo capo, special-mente quando George era agitato. "Sai che loro sono puntuali. Io sarò alla porta alle 8:25 in punto", disse, poi riattaccò.

"*Saremo* lì alle 8:25", disse Linda.

"Non deve saperlo per forza. Magari Lois resterà a casa. D'altra parte, potremmo far venire lei e lasciare a casa lui."

Ashley tornò a casa, Linda tornò al suo progetto, e Fritz cercò di pensare al Medioevo. Mentre il pomeriggio diventava sera, si ritrovò a girare le pagine senza meta, sfogliando i libri in modo disattento. Incapace di concentrarsi, li mise da parte. Percependo la sua irrequietezza, Linda chiuse il suo portatile.

"Stai bene?" gli chiese.

"Continuo a pensarci. Spero che vada tutto bene."

"Se non dovessi portare a termine questo progetto, sarei un fascio di nervi." Lei guardò dalla finestra, dietro di lui, il cielo rosa tra gli alberi. "Tu non lo attraverserai, quindi non mi preoccupo." Fritz sapeva che non era totalmente sincera, visto come si attorcigliava le punte dei capelli, dalle orecchie alle spalle. "Potresti accendere l'altra luce, per favore?"

"Cosa ne pensi del fatto che Ashley andrà?" Fritz azionò l'interruttore, ponendo fine all'intrusione del tramonto.

"Non mi piace. Cerca di dissuaderlo, Fritz. Non voglio che gli succeda niente, specialmente per far colpo su una donna."

"Non è solo per lei. È l'entusiasmo di tutta questa faccenda. Non avrei dovuto portarlo a incontrare Lee."

"Gli ha solo fatto desiderare di farlo ancora. Può farlo qualcun altro, magari un agente dei servizi segreti. Cerca di fermarlo. A proposito, dimmi dove siete andati voi due."

Fritz rievocò il breve viaggio. La loro vicinanza alla battaglia. Vide la baionetta dell'Unione che bucava il sudista in cima al muro. "A Gettysburg."

"Intendi dire la battaglia? Fritz, non è divertente."

"È stata una rievocazione, Lin. Abbastanza realistica, ma eravamo al sicuro." Lei lo fissò, cercando di penetrare nei suoi pensieri. Lui sperò di averla convinta, ma dubitava che lei gli avesse creduto. "Se gli attori l'hanno presentata con un qualche realismo, non riesco a immaginare come potesse essere in realtà."

"Spero che tu non lo debba mai scoprire."

. . .

ALLE SETTE, incontrarono Ashley a scuola, mentre un Suburban nero accostava all'entrata laterale.

Tom Andrews salutò e andò sul retro, mentre Tony ne usciva. Insieme, trasportarono un generatore e una scatola. Fritz aprì la porta e li accompagnò in fondo al corridoio. Messo il generatore in posizione, Tony collegò i cavi alla maniglia. Dopo si alzò e gli tese la mano.

"Salve, signor Russell. Sono Tony Almeida. Ci siamo conosciuti in primavera."

"Mi ricordo. Mi hanno detto che ha migliorato un po' l'attivazione."

"Ci abbiamo provato, ma abbiamo avuto solo dei successi limitati. Sono ancora preoccupato di riuscire a farlo funzionare. Temo che lei sia ancora il componente critico, anche se dovessimo aspettare il tempo tempestoso."

"E adesso?"

"Lei faccia qualunque cosa sia necessaria, io chiamerò gli aerei." Fritz trovò l'opuscolo della Casa Bianca e cercò di ricordare la prima volta che era andato lì. Mise una graffetta dove pensava di averla messa in precedenza e posò l'opuscolo sulla sua scrivania. Tony controllò i suoi strumenti e una specie di misuratore di tensione, poi rivolse a Fritz un pollice alzato.

"Dovremmo chiamare il presidente", disse Fritz. Tom chiamò e disse alla signora Evans che erano pronti.

"Sta aspettando, signor Russell." Fritz afferrò la maniglia e la tirò. Linda e Ashley si erano spostati in direzione della porta e poterono vedere lo Studio Ovale e il presidente che veniva loro incontro.

"Beh, va bene. Perlomeno sappiamo che funziona. Bravo, Tony." Strinse la mano a tutti, poi tornò indietro attraverso il portale e disse: "Domani sera, allora."

QUELLA DOMENICA la tensione non diminuì, la missione di quella sera generava un notevole nervosismo. A scuola, un convoglio di SUV si fermò nel parcheggio buio. Tom Andrews uscì dal Suburban in testa al convoglio, allentando la tensione di Fritz. Tom aveva già fatto l'esperienza del portale. Mel Zack guidava uno degli altri mezzi e salutò Fritz. Altri agenti dei servizi segreti e il Colonnello Walter Mitchell, il comandante dell'operazione, si unirono al gruppo sul marciapiede. Jane Barclay uscì dall'ultima auto e si unì a loro. Una macchina della polizia si fermò nel parcheggio e ne uscirono James Williams e l'agente Shaw. James raggiunse gli altri alle doppie porte, mentre Shaw rimase nella sua auto. Terminati i saluti e le presentazioni, entrarono nella scuola. "Terrà lontani i curiosi", disse James, indicando Shaw all'esterno.

Mentre tutti andavano avanti e indietro nel corridoio, Ashley aprì la sua aula. Avrebbero potuto organizzarsi lì . Nascosto dalla folla, Tony Almeida si diresse verso Fritz.

"Salve di nuovo, signor Russell. Vorrei ancora parlarle di come funziona tutta questa storia. Ho lavorato tutto il giorno per caricare l'alimentatore, in modo che possa sostenere la distanza."

"Parliamone dopo. Cosa deve fare adesso?"

"Devo collegare un generatore alla sua maniglia." Fritz tirò indietro il braccio e strinse il pugno. Il suo ricordo d'infanzia di quando aveva messo il dito in una presa tornò facilmente a galla dalla sua memoria. Scosse le dita. "Non si preoccupi. È lo stesso voltaggio di ieri sera."

"Andiamo alla mia classe. Da quanto ho capito, il dottor Barclay ha le mappe." Tony la chiamò. Fritz notò che anche Ashley la guardava e gli fece cenno di avvicinarsi.

"Entriamo e prepariamo tutto. Poi potrà informare tutti, dottor Barclay", disse Fritz. Lei diede le mappe a Fritz, in realtà erano quasi tutte immagini satellitari, tranne una. La loro prima fermata sarebbe stata al campo di aviazione di Bagram, in Afghanistan.

"Qualcuno laggiù sa che stiamo arrivando?" chiese Fritz, aprendo le mappe sulla sua scrivania. "È lì che andremo per testare le destinazioni multiple?"

"Solo il comandante della base lo sa", disse lei, mentre Tony completava la connessione dei cavi. Lei sfiorò Ashley e indicò. "I siti sono segnati. Questo è l'ufficio del comandante."

Fritz sfogliò le mappe. "Mi aspettavo che dovessimo provare solo un paio di siti stasera. Il presidente aveva detto così."

"Dopo la fine della chiamata, abbiamo deciso che sarebbe stato meglio fare tutti i test sul portale stasera, invece di provarlo in seguito con più persone."

"Quale dovrebbe essere la prima destinazione della squadra?"

"Qui. Nell'ufficio del comandante." Si appoggiò alla scrivania, sfiorando l'anca di Ashley. Lui non si mosse. "Ecco la planimetria. Lo facciamo per mantenere la riservatezza."

Fritz posizionò la graffetta, posizionò l'immagine sul lato sinistro della scrivania e mise le altre foto in un cassetto.

Disse: "Ok, diciamoglielo. Tony, sei pronto?"

"Sì. C'è solo un'altra cosa da fare: chiamare gli aerei."

Fritz lo guardò, stupito. *Mi chiedo quanto ne sappiano quegli uomini.* Tornarono tutti nella classe di Ashley. Il colonnello Mitchell chiese l'attenzione di tutti. Poi presentò il dottor Barclay, chiamandola Maggiore Barclay.

"Stasera è una prova", disse lei. "Vogliamo che tutti voi vediate come entrerete a Naria. E come tornerete indietro. Vi è stato detto qual è la missione finale, e conoscete la vostra squadra. Ciò che non vi è stato detto, fino ad ora, è che ci arriverete attraversando una porta sull'altro lato del corridoio." Alcuni ridacchiarono, altri sorrisero. "Comprendo il vostro scetticismo. Ma abbiamo scoperto un portale nel continuum spazio-temporale." Guardò ognuna delle loro facce sorprese. "Ogni squadra entrerà nel portale e arriverà alla destinazione designata."

"Questa sera faremo un viaggio di prova verso l'Aeroporto di Bagram. Prima di suddividervi per le diverse destinazioni, andremo tutti insieme nell'ufficio del comandante della base. La missione è subordinata alla funzionalità di tutti i sistemi. Non ci abbiamo mai provato, ma se riusciremo a far funzionare il portale in condizioni diverse rispetto al passato, faremo almeno un viaggio di prova. Abbiamo poco tempo e stiamo preparando dei piani di riserva per essere sicuri che torniate a casa. Domande?"

Nessuna mano alzata, non si sentiva una mosca volare. Il colonnello Mitchell la ringraziò. "Durante questo primo inserimento verremo accompagnati da Tom Andrews, che è un agente dei servizi segreti. Lui ha già usato il portale. Stasera il nostro unico obiettivo è far sì che riconosciate l'uscita del portale. Siete pronti?" Non aspettandosi una risposta, disse: "Andiamo." Erano tutti membri delle forze d'elite. Erano presenti rappresentanze di tutti i servizi, visto il numero esiguo di uomini con autorizzazioni di livello top-secret che potevano essere liberati da altri incarichi.

Fritz guardò Tony e lui annuì. Afferrò la maniglia della porta e ricevette una scossa, aprì la porta e fece cenno al colonnello e al maggiore, che entrarono in un riquadro fioco con un pavimento di linoleum bianco e nero seguiti dai leader delle squadre. Chiuse la porta e guardò dalla finestrella la sua classe vuota. Quando tornarono, erano altrettanto sorpresi di ritrovarsi nella scuola quanto lo erano stati al loro arrivo al Bagram.

"Ora arriva la parte difficile", disse Fritz al Maggiore Barclay. "Devo cambiare le mappe e le graffette." Loro due tornarono nella sua classe. "Prima di farlo, non pensa che dovremmo rispondere alle loro domande, adesso che l'hanno visto?"

Lei fu d'accordo. Quando lei richiese la loro attenzione, nel corridoio echeggiavano solo i respiri. Gli spiegò che sarebbero andati in specifiche destinazioni a Bagram, nel secondo viaggio, ma non sarebbero stati in grado di vedersi l'un l'altro nell'oscurità. Disse loro di pianificare una permanenza di tre minuti e poi tornare. "Buona fortuna."

"Aspettate!" disse Fritz. "Avete tutti un telefono?" Barclay lo guardò, perplessa. "Sentite, in caso aveste qualche problema, ho detto al presidente che dovreste potermi chiamare qui, in modo che io possa sistemare il portale", disse Fritz.

"A me non ha detto niente."

Fritz considerò la situazione per un momento. "Saprò che avrete avuto un problema se non tornerete nei tempi previsti. Quindi non restate più di tre minuti." Tornando a Tom, disse: "Dovrebbe entrare qualcuno che conosce il portale, casomai ci fosse qualche problema." Tom sapeva di essere lì per quel motivo e disse di essere pronto.

Il colonnello chiamò il primo gruppo. Non appena furono entrati, Fritz tornò in classe e mise la mappa successiva in cima a quella precedente. Entrò il gruppo successivo. Pochi secondi dopo, il leader della squadra tornò e disse che erano arrivati nello stesso punto del primo gruppo.

Fritz entrò nella sua classe per verificare la mappa. Il colonnello, il maggiore e Ashley lo seguirono. "Non ci avevo mai provato prima. Non sono sicuro …"

Ashley lo interruppe. "Quando abbiamo trovato la prima entrata, le graffette erano attaccate a cose che toccavano la scrivania. Ti ricordi l'opuscolo dell'Ufficio Ovale? Era in fondo alla pila."

"Grazie, Ash. Giusta osservazione. Proviamo." Fritz mise la mappa del secondo gruppo sotto la prima. "Ok. Vediamo che succede."

Il Colonnello Mitchell disse al caposquadra di tornare, se si fossero ritrovati nuovamente assieme al primo gruppo e li rimandò dentro il portale. Non tornarono. Fritz mise la mappa successiva sotto le altre, poi fece lo stesso coi gruppi rimanenti. Attesero trenta secondi fra ognuno dei tre gruppi. Il primo gruppo uscì dopo che il terzo gruppo era entrato. Dopo di che, continuarono con una routine di ingressi e uscite alternate, che nessuno si era aspettato. I gruppi erano distanziati di circa trenta secondi. Le entrate andarono lisce. Gli ultimi tre uomini tornarono indietro in tempo, poi si riunirono tutti nella classe di Ashley. Fritz aveva imparato come impilare le mappe e l'intero esercizio era durato meno di un'ora. Quando entrarono, la stanza divenne silenziosa. Fritz pensò che tutti gli occhi fossero puntati sul Maggiore Barclay, ma in realtà guardavano tutti lui.

Il maggiore si rivolse al gruppo. "Domande, problemi, osservazioni?"

Un capitano dei Marine alzò la mano. "Maggiore, siamo stati il sesto gruppo ad entrare. Quando siamo arrivati la prima volta, non siamo riusciti a vedere l'immagine del portale. È comparso circa trenta secondi dopo."

Lei chiese: "È successo a qualcun altro?"

Due mani si alzarono. I gruppi quattro e cinque. Fritz guardò Tony, che scosse la testa. Non ne sapeva niente.

Lei chiese: "Gruppo sette? Vi è successo quando siete entrati?"

"No, signora. Era nitido come nell'ufficio del comandante di Bagram."

"Signori, vi chiedo di attendere qui. Controlleremo le mappe", disse il maggiore. Il colonnello, Tony e Fritz andarono con lei.

"Non c'è abbastanza energia", disse Tony, mentre la porta di Ashley si chiudeva.

"Potrebbe anche essere successo per via del numero di persone", disse Fritz. "Il portale potrebbe non essere in grado di gestire tutto quel traffico. Pensavo che non facesse alcuna differenza. La connessione potrebbe essere stata influenzata dal cambiamento delle mappe? Hanno tutti degli orologi. Dobbiamo chiedere loro se indicano tempi diversi." Mentre stavano per rientrare nella stanza di Fritz, la porta di Ashley si aprì e ne uscirono Linda, Ashley e i McAllister.

"Puoi risolvere il problema?" chiese Linda.

Fritz annuì. "Tony pensa che non stiamo generando abbastanza energia. Però, se dovessero restare bloccati durante l'operazione, dovranno essere in grado di farcelo sapere. E ci saranno ancora più persone."

"Sappiamo quanto sono arrivati vicini alle loro destinazioni?"

"No, dobbiamo ancora chiederglielo", disse il colonnello Mitchell. "Grazie, signora Russell."

"L'ultimo gruppo non ha avuto problemi a vedere l'uscita. Sono entrati quando i primi gruppi erano già fuori. L'energia potrebbe essere aumentata per questo motivo", disse Tony.

"Mi chiedo se qualcuno di loro abbia segnato la propria posizione", disse Fritz, pensando alla domanda di Linda. "Forse dovrebbero segnare dove arrivano e andare una seconda volta per vedere quanto si avvicinano allo stesso punto. Dobbiamo essere precisi." Erano passati solo pochi giorni dalla visita a Gettysburg e Fritz non voleva far finire quei soldati in qualche disastro sconosciuto. Il tempo e la posizione esatta erano importanti.

"Colonnello, credo che dovremmo rifarlo", disse il maggiore.

"Sono d'accordo. Abbiamo bisogno di tutte le informazioni che possiamo recuperare. Lo faremo finché avremo raggiunto la massima certezza possibile."

Tornarono tutti nella classe di Ashley, tranne Tony. Lui continuò ad armeggiare col generatore e i cavi.

"Non fulminarmi, Tony", disse Fritz mentre si allontanava. Tony gli fece l'occhiolino.

Il colonnello Mitchell disse agli uomini di controllare gli orologi. I gruppi da quattro a sette riportarono una lieve differenza di tempo. Chiese se qualcuno avesse segnato i punti di entrata. Nessuno lo aveva fatto. Spiegò loro che avrebbero ripetuto la sequenza di entrata e uscita ancora due volte per segnare e misurare quanto potevano arrivare vicini agli stessi punti.

Il primo capitano alzò la mano e disse: "Colonnello, è buio pesto nel deserto. Cosa dovremmo utilizzare per segnare le posizioni? Un razzo?"

"No. Siete troppo vicini a una linea di fuoco. Usare delle torce a penna posate di piatto. Vi rimanderemo tutti dentro, stavolta per cinque minuti. Voglio che prendiate nota dei tempi di ingresso e uscita."

"Colonnello", disse Linda, "dopo che avremo sincronizzato gli orologi, scriveremo i tempi delle partenze all'ingresso del primo uomo in ogni gruppo, poi dovremo notare quando ognuno di loro esce dal portale, al rientro. Ashley, procurati carta e penna." Fu felice di avere qualcosa da fare. Linda aveva preso appunti durante tutta l'operazione. George si asciugò le gocce di sudore dalle guance e dalla fronte e Lois sembrava aver molto da dire.

"Ok, andiamo", disse il maggiore. Diede un'occhiata allegra ad Ashley. Fritz la notò. Anche Linda. "Signor Russell, vada a disporre le mappe." Sembrava quasi allegra. "Prenderemo il tempo del primo gruppo al passaggio del primo uomo. Misurato al secondo, signor Gilbert."

"Capito." Le restituì il sorriso.

Tony era pronto. Le mappe vennero predisposte. Ashley annotò il tempo d'entrata del primo gruppo. Il processo venne ripetuto per ogni gruppo successivo. Poi attesero. Quando gli uomini iniziarono a tornare, Ashley annotò i tempi. Poi compararono quei tempi coi tempi annotati dai leader delle squadre.

"Qualche situazione di differenze nei tempi, Tony?" chiese il colonnello.

"Sì, in alcuni casi più che in altri, ma sono tutti ritornati con un minuto di anticipo rispetto a quanto abbiamo registrato qui."

"Significa che sono stati nelle loro destinazioni a Bagram per meno tempo di quanto avrebbero dovuto. Ma quando sono tornati dalla nostra parte, hanno detto di aver impiegato tutto il tempo previsto. Tranne l'ultimo gruppo", disse Fritz.

"Avevano tutti la stessa differenza di un minuto. È successo qualcosa nel portale", disse Tony. Si strofinò il mento e guardò il generatore.

"Dobbiamo calcolare cosa succede durante gli ingressi", disse il colonnello al maggiore. "Penso che dovremo fare affidamento sui timer." Lei fu d'accordo.

Terminata la prima prova, Fritz riposizionò le mappe e rifecero tutto un'altra volta.

Il primo gruppo uscì e Fritz chiese: "Quanto eravate vicini?"

"Ho calpestato la torcia", disse un tenente. "Eravamo esattamente sul bersaglio." I tre gruppi successivi raccontarono la stessa storia. Il quinto gruppo riferì di aver mancato la posizione di circa dieci metri. Il sesto riferì di aver centrato il bersaglio. Quando gli ultimi uomini ritornarono, sembravano terrorizzati.

Il colonnello Mitchell chiese: "Cosa c'è che non va?"

"Signore, quando siamo arrivati c'erano fari e fucili puntati contro di noi. Una pattuglia aveva visto la torcia e si era avvicinata per controllare. Pensavano che fossimo degli infiltrati. È stato un bene che parlassimo inglese e fossimo ufficiali. Gli abbiamo fatto chiamare il generale per confermare le nostre identità. Ma ora c'è una violazione della segretezza. Hanno visto il profilo del portale. Gli ho detto che stavamo testando un'arma segreta. Probabilmente non avrei dovuto dirlo."

Il colonnello disse: "Me ne occuperò io stasera col generale. Ok, ascoltate tutti. Abbiamo ancora delle questioni in sospeso. Dobbiamo raggiungere la perfezione in questa esercitazione. È andata bene, ma dobbiamo ancora sistemare dei dettagli."

"Quando faremo sul serio", aggiunse il maggiore, "non ci saranno le pattuglie americane a salutarci." Fritz guardò Ashley e disse: "Andrà anche lei?" Ashley scrollò le spalle.

"Penso di aver capito il problema dell'alimentatore", disse Tony. "Abbiamo bisogno di più turbolenze aeree. Un altro aereo che voli a un migliaio di metri d'altezza dovrebbe bastare. Nessuno dovrebbe notarlo."

"A parte il controllo del traffico aereo di ogni aeroporto", disse Lois, rompendo il suo silenzio. "Come pensi di mantenere questo segreto, se il numero di persone coinvolte continua a crescere?"

Il maggiore Barclay disse: "Facendo una cosa veloce, facendola una volta, facendola bene e uscendo di qui in fretta. Signora McAllister, questi uomini sono stati scelti con attenzione. E sono stati scelti fra l'elite, quindi abbiamo il meglio del meglio." Lei analizzò quei commenti come se fosse in trance, prese nota sulla sua cartellina e poi si concentrò su Lois. "Comunque non stiamo cercando di fare le cose in segreto. Quando tutto sarà finito, ci sarà un'enorme esplosione. È vitale che non siamo nelle vicinanze, quando accadrà. Non possiamo permettere che la scuola venga individuata."

"Beh, spero proprio di no", disse George.

"Tony, l'Aeronautica sta monitorando i voli?" chiese il maggiore.

"Sanno che è un'esercitazione. I voli commerciali sono stati dirottati", disse lui.

"Possiamo terminare, per favore?" chiese Fritz. "Possiamo parlare dopo. L'unico gruppo fuori bersaglio era il quinto." Ha mostrato loro la mappa per quell'entrata. "Ho segnato dove erano state piazzate le graffette la prima volta. Vedete?" Mostrò loro una mappa e disse loro di aver spostato leggermente la graffetta. "Erano solo un po' più in là. Le graffette sono dei puntatori. Ho scoperto che posso individuare luoghi e date nel passato, ma evidentemente posso farlo anche nel presente."

Guardando il colonnello Mitchell, il maggiore disse: "Questo significa che se qualcosa dovesse andare storto, qualcuno potrà andare a prendere chiunque sia nei guai."

Tom ficcò la testa nella stanza. Disse: "Qualcuno dei ragazzi ha bisogno del bagno."

George disse: "Li accompagno io. Tanto vale che faccia qualcosa."

"Possiamo pensare a ciò che non abbiamo ancora sperimentato, ma penso che dovremmo fare una prova mandandoli tutti per assicurarci che il portale sia saldo."

"Ha ragione, signor Russell", disse il maggiore. "Colonnello, quanto tempo le serve per far arrivare tutti qui?"

"Solo il tempo di sistemare la questione delle comunicazioni. Domani."

"Comunicazioni?" chiese Lois.

"Dei telefoni, in modo che possano contattarci", rispose Linda.

"Abbiamo terminato per stasera?" chiese Lois.

Il colonnello rispose: "Dobbiamo fare ancora una cosa. Dobbiamo fare un'altra visita al generale a Bagram. Vorrebbe occuparsene, signor Russell? Maggiore, venga con me."

Fritz impostò il punto d'entrata. Aprì la porta ed ebbe una scossa più forte di quelle a cui era abituato. Barclay e Mitchell passarono. George girò l'angolo, conducendo una dozzina di uomini per il corridoio ad un passo più sereno di quello che avevano usato nell'altra direzione.

La porta della classe si aprì e il maggiore e il colonnello tornarono. Mitchell si girò per ringraziare il generale per il suo aiuto, mentre arrivavano nel corridoio. Prima che la porta si potesse chiudere, il generale la tenne aperta. Si guardò intorno sorpreso, nonostante gli fosse stato detto dove era diretto. "Benvenuto nel New Jersey, Generale", disse il maggiore.

"Non ci avevo creduto. Non sono ancora sicuro di crederci."

Lois disse: "Generale, so come si sente. Ma è reale. Ora potrà perdere il sonno su qualcosa di davvero strano."

"Sì, signora." Salutò e lasciò che la porta si chiudesse.

· · ·

Tony disse: "Colonnello, ho un'ipotesi. I cambiamenti di tempo nel portale potrebbero essere causati dagli spostamenti delle mappe. I gruppi erano sfasati di un minuto. Spostare le mappe ha richiesto circa dieci secondi per ciascuna. Il totale è circa un minuto. Non posso provarlo, ma vale la pena scoprirlo."

Fritz fu d'accordo. Ashley disse: "Secondo me ha senso. Forse domani dovremmo misurare quanto tempo ci vuole per il cambio delle mappe e l'ingresso del gruppo successivo. Potrebbe essere importante quando farete sul serio." Il maggiore prese nota in fondo a una pagina già piena di appunti e lo ringraziò.

"Penso che abbiamo finito, per stasera", disse il colonnello. "Lasciamo che queste persone vadano a casa." Andò nella classe di Ashley e in meno di un minuto i soldati iniziarono ad andarsene. Le auto li aspettavano di fronte alla porta.

"Signor Russell", disse il maggiore, "parlerò al presidente fra non molto. Sarò a Washington domattina per un briefing. Ma l'intera squadra sarà qui, se possibile, domani sera. Può rifarlo, diciamo alle otto?"

Fritz guardò Linda, poi George, che era assente o non stava ascoltando. "George, domani sera. Ok?"

Lois disse: "Certo che va bene. Saremo qui alle sette e quarantacinque."

Fritz annuì. "Se funzionerà domani", disse il colonnello, "la missione si svolgerà mercoledì sera. Signor Russell, le sarei grato se potesse unirsi a noi mercoledì dopo la scuola."

"Certo", disse lui. "Ci vediamo domani, allora."

Il maggiore salutò e si diresse all'uscita, ma guardò solo Ashley. Tony Almeida, che aveva appena finito di recuperare la sua roba, li salutò e uscì.

George disse: "Assicuriamoci che non abbiano lasciato niente nelle classi" e andò verso la porta di Ashley.

Fritz disse: "È troppo tardi per parlarne stasera. Peccato che domani non faremo vacanza. Vediamo se George ha bisogno di aiuto."

Mentre andavano verso l'aula, l'agente Shaw li chiamò dal fondo del corridoio per chiedere a Fritz se avessero ancora bisogno di lui.

"Saremo fuori di qui tra un paio di minuti, ma domani alle otto succederà di nuovo la stessa cosa. Sono sicuro che glielo diranno."

"Il signor Williams ha detto che mi avrebbe tenuto informato. Signor Russell, forse non si ricorda di me, ma è stato il mio insegnante di Storia Americana otto anni fa."

"Il tuo viso mi sembrava familiare, ma non riuscivo a ricordarti. Sembri più vecchio", sorrise Fritz. "Jim, giusto?"

"Sì, signore, signor R. Anche lei sembra un po' più maturo", disse Jim. "È meglio che io vada. A domani."

"Buonanotte, Jim. Grazie."

Jim Shaw tornò indietro. "Signor Russell, cosa stanno facendo qui?"

"Stanno salvando il mondo, Jim. Ci vediamo." Fritz rientrò nella sua classe. Sembrava tutto in ordine, quindi prese le chiavi e spense le luci. Gli altri stavano uscendo dalla stanza di Ashley.

"Abbiamo rimesso a posto tutte le sedie e le scrivanie", disse George.

Ashley disse: "George, l'hai fatto molto bene. Se sei libero, potresti mettere in ordine casa mia il prossimo fine settimana. Ti pagherò."

Lois gli diede un'occhiataccia. "Ha da fare, signor Gilbert? Una visita da un certo maggiore, magari?"

"Te la sei voluta, Ash", disse Linda. "Andiamo a casa!"

CAPITOLO SETTE

LA MATTINA DOPO, Fritz si svegliò prima del solito. All'esterno, alcune foglie iniziavano a cambiare colore. Il cambiamento completo sarebbe arrivato presto, specialmente coi rossi, gli arancioni e i gialli dei vecchi aceri nel cortile di fronte. Prima di uscire, lui e Linda parlarono dei suoi appunti. Era preoccupato di non saperne abbastanza sul portale, temeva che la mancanza di informazioni potesse causare un disastro. Nonostante i suoi dubbi, Linda disse che se Tony avesse calcolato correttamente il fabbisogno energetico e tutti avessero avuto i telefoni, la missione sarebbe andata liscia. Gli chiese se avessero previsto la presenza di una squadra medica, giusto per essere sicuri. E poteva essere necessaria una squadra di pulizia, per non doversene occupare da soli.

"Manderò un messaggio per chiederlo. Devo andare. Ti voglio bene. Ci vediamo dopo."

Ashley e Sandy erano in corridoio a parlare, quando arrivò Fritz. Lui cercò di non essere invadente e li salutò mentre tirava diritto. Sandy disse: "Fritz, non ho avuto modo di chiedertelo. Cos'è successo col presidente?"

"Scusa, Sandy. Non posso dirtelo."

"Vedi. Te l'ho detto."

"Lo stai coprendo?" lo accusò Sandy.

"Venite qui, tutti e due", disse Fritz. Non voleva iniziare la settimana sventando dei rischi.

"Non possiamo parlarne, Ash. Sandy, vale anche per te. Lo sai. Il presidente ha una missione che vuole intraprendere e vuole che sia fatta in fretta. Ash lo sa perché era presente. Sandy, è una cosa talmente segreta che non posso dirti di cosa si tratta, lo faccio per proteggerti. Però gli serve il portale per farlo. Non può dirtelo neanche Ashley . Mi spiace. Come stanno i tuoi?"

"Se ne sono andati stamattina", disse lei. "Mi ha fatto piacere vederli, ma continuano a dirmi che dovrei tornare a casa. Mia madre dice che anche lì ci sono dei lavori da insegnante. Gli ho detto che ci avrei pensato", disse, guardando Ashley che restava in silenzio. Disse: "Ci vediamo dopo" e se ne andò.

Ashley iniziò a parlare, ma Fritz lo interruppe. "Qualunque cosa accada, Sandy non può sapere ciò che sta succedendo. Mai. Se fosse stata con noi al The Mill o alla riunione sarebbe stato diverso. Può dedurre ciò che vuole. Ma se lo scoprirà, sarà in pericolo. La scorsa primavera Tom Andrews ti aveva detto che se non avessimo scoperto come far funzionare il portale aveva l'ordine di "farci sparire". Questo è ancora valido. Per chiunque sappia del portale. Se glielo dirai, varrà anche per te."

"Aspetta Fritz, stai dicendo proprio ciò che mi pare di aver capito?"

Fritz esalò rumorosamente, non volendo più essere coinvolto in quella conversazione. "Ash, mercoledì il presidente ha detto qualcosa, prima di partire. Senti, sappiamo che questa missione è pericolosa. Non possiamo essere noi a mandare tutto all'aria. Tutti noi, inclusa Sandy, abbiamo giurato di non parlare del portale. Adesso è ancora più importante tener fede a qual giuramento."

"Capito. Ci vediamo."

Quando Ashley aprì la porta, Fritz sentì crescere il rumore del risveglio della scuola. Perso nei suoi pensieri, aveva il lunedì di fonte a sé e le classi stavano per arrivare. *Li farò leggere in classe, così si porteranno avanti sui compiti a casa.* Voleva portare avanti in quel modo l'intera giornata. I ragazzi del primo anno avrebbero potuto leggere la

Costituzione. La campanella suonò. Non appena i suoi studenti della prima ora si furono sistemati, scrisse compiti a casa sulla lavagna. "Ragazzi, oggi faremo come se fossimo in una sala di studio. Ho un mal di testa tremendo." Odiava ingannare i suoi ragazzi, ma gli serviva una scusa. "Quindi potete iniziare a portarvi avanti qui in classe sui compiti per casa." Presero libri e la maggior parte iniziò a leggere il lungo assegnamento.

Mary Anne Leslie chiese: "Sta bene, signor Russell?"

"Ho solo un brutto mal di testa, Mary Anne. Starò bene. Grazie. Ragazzi, voglio concludere quest'ora rapidamente. Voglio completare il Medioevo entro la fine della settimana. Poi inizieremo a parlare della Riforma e del Rinascimento." Fritz iniziò a rileggere i suoi appunti sulla missione di Naria.

Durante la seconda ora, mise al lavoro i ragazzi e rimise l'attenzione sulla missione.

"Signor R?" chiese Eric Silver.

"Sì, Eric."

"Ci siamo incontrati nel fine settimana e abbiamo elaborato un programma, come aveva chiesto."

"Nel fine settimana? Avete deciso tutti di amare la scuola, quest'anno? Sono colpito. Avete già una bozza?"

"In realtà abbiamo sia la bozza che alcuni dettagli. Abbiamo pensato di darle qualche informazione in più per farle capire ciò che vogliamo fare."

"E avete scritto tutto?"

"Sì. Elaine ed io abbiamo messo giù le note e tutti ne hanno preso una copia."

"È fantastico, ragazzi! Eric, non potrò fare niente con voi fino alla fine di questa settimana o all'inizio della prossima. Però posso vedere ciò che avete preparato. Ne potremo parlare più avanti. Ok?"

"Certo, signor R. Sarebbe fantastico."

Fritz prese il plico di carte spesso mezzo centimetro da Eric, su cui spiccava una pagina di riassunto. "Grazie, Eric." Diede un'occhiata alla bozza. L'arrivo di una famiglia di immigrati a New York, seguito da scene che coprono l'arco di tempo fino alla fine del ventesimo secolo.

Una cosa molto intelligente. Il progetto sarebbe andato avanti per tutto l'anno scolastico. Lesse anche gli appunti aggiuntivi. L'invenzione degli elettrodomestici, il Trattato di Versailles, l'ascesa dei nazisti, la Prima e la Seconda Guerra Mondiale, Yalta, il Progetto Manhattan, la crisi missilistica cubana. I ragazzi avevano lavorato sodo. Fritz disse: "Ben fatto, Eric ed Elaine. Ragazzi, a prima vista sembra una proposta molto ambiziosa. Non vedo l'ora di parlarne con voi." Nella classe si diffuse un mormorio tranquillo e felice.

Durante la terza e la quarta ora, però, quando Fritz fece leggere le classi, nessuno dei due gruppi sembrava partecipe. Nel mezzo della quarta ora, Janet Abbott chiese: "Signor R, cosa c'è che non va? Non l'abbiamo più vista così dalla primavera scorsa, dalle storie sui viaggi nel tempo."

"Sto bene, Janet. Ho un brutto mal di testa. Scusatemi, ragazzi. Ma questo vi permetterà di avvantaggiarvi sui compiti. Continuate a leggere." Poteva cavarsela con quella scusa per quel giorno, ma sapeva di doversi preparare ad insegnare il giorno dopo. Con l'attenzione fissa sulle attività di quella sera, era in preda a una forte tensione, come se stesse aspettando il colpo di pistola dello starter o trattenendo il respiro sott'acqua. Quando la lezione terminò, lui e Ashley andarono in mensa.

"Non riesco a concentrarmi. Sto facendo leggere i ragazzi", disse Fritz.

"Devi rimetterti in sesto per oggi pomeriggio, domani e mercoledì, altrimenti dovresti prendere dei giorni liberi. Non puoi attirare dei sospetti."

Ashley aveva ragione e, a riconferma di ciò, tre insegnanti si avvicinarono al loro tavolo e gli chiesero se si sentisse bene. Una disse che i suoi allievi del primo anno le avevano chiesto se sapesse che era malato. Fritz disse ad ognuno di loro che aveva una feroce emicrania.

"Capisci ciò che intendo? Riprenditi, amico."

Fritz disse: "Non posso credere che lo stiamo facendo di nuovo. Prima ero preoccupato, ma questa è una follia. Ash, perché una persona sana di mente vorrebbe diventare presidente?"

"Per le ragazze."

Dopo pranzo, Fritz tenne lezioni sul ruolo della Chiesa Cattolica, sul papato e sull'influenza della chiesa sulla politica europea. Poi fece leggere i ragazzi. "Se ci porteremo avanti entro venerdì, niente compiti per il fine settimana." Delle timide manifestazioni di entusiasmo crebbero e poi si attenuarono.

Alla fine della sesta ora, Sandy entrò nella classe di Fritz. *Oh oh.*

Ma voleva solo informazioni sul corso. "Ciao, Fritz. Presto farai lezione sul Rinascimento, vero?" gli chiese.

"Sì, probabilmente a partire dalla prossima settimana."

"Pensi che potrei portare la mia classe? La sesta ora è la mia lezione su Shakespeare. Vorrei che avessero il contesto di quell'epoca."

"Intendi dire che vorresti un'ora libera?" chiese Fritz. Lei si tirò indietro come se l'avesse schiaffeggiata. "Spiacente. Va bene, appena ci arriverò, potremo parlarne prima che arrivino i ragazzi. Cercherò di capire con quale classe sarebbe meglio farlo."

"Sarebbe bello", disse lei. Sembrava che volesse dire qualcosa di più, pensò Fritz, ma se ne andò quando arrivò la classe successiva.

Quando la classe iniziò, Fritz cominciò a parlare delle prime organizzazioni sindacali. Iniziò col Sindacato Nazionale dei Lavoratori, la prima organizzazione nazionale dei lavoratori in America. "Fu fondata subito dopo la Guerra Civile e, sebbene sia durata solo fino al 1873, quell'organizzazione spianò la strada ai Cavalieri del Lavoro e alla Federazione Americana dei Lavoratori." Fritz vide che gli studenti prendevano appunti. Ancora una volta, apprezzò il livello della loro attenzione.

"Spesso la gente lavorava dodici ore al giorno per sei giorni alla settimana." Sorrise. "Penso che la scuola debba andare avanti per sei giorni la settimana, dalle sette del mattino alle sette di sera, tutto l'anno. Cosa ne pensate?" Per tutta risposta, lo travolsero con espressioni di disaccordo. "Dà da pensare, vero? I Cavalieri hanno sostenuto una legge che impone un giorno lavorativo di otto ore. Volevano anche la fine del lavoro minorile e del lavoro forzato. E se poteste scegliere di lavorare invece di andare a scuola per dodici ore? Vorreste ancora fischiarmi contro? Comunque, i Cavalieri del Lavoro si opposero all'uso dei lavoratori immigrati, specialmente dei cinesi. Parleremo ancora di varie pratiche discriminatorie sul lavoro e del sostegno sindacale nei loro confronti durante tutto il corso. Parleremo anche di politica economica americana. Qualcuno vuole fare delle ipotesi sul perché i sindacati dovessero discriminare?"

Abigail Hoffman alzò la mano. Un nuovo studente di Fritz, l'unica ragazza della classe che non era presente quando avevano visto Robert E. Lee, ricordò.

"Ti chiami Abigail, giusto?"

"Per favore, mi chiami Abby, signor Russell."

"Abby, come hai fatto ad evitare tutte le mie lezioni fino ad ora?"

"Non lo so."

"Allora, Abby, considera questo corso come la tua ultima, migliore occasione per imparare da un grande insegnante." Gli studenti che erano già stati nella sua classe si aspettavano ciò che sarebbe successo dopo. Stese il braccio destro col dito indice dritto, piegò il gomito e si indicò il viso. Quel lento movimento gli fece guadagnare qualche applauso e qualche fischio. "Allora, qual è la tua ipotesi, Abby?"

La domanda la fece irrigidire. "Oh. Ok. I sindacati discriminavano perché la discriminazione era ovunque."

"Puoi essere più specifica?"

"Le donne non potevano votare, quindi non avevano alcun potere."

"Bene. Nient'altro? E le esclusioni cinesi?"

Abby esitò un attimo prima di rispondere. "Credo che gli americani fossero per lo più europei e per lo più bianchi, quindi i sindacati erano un riflesso della società."

"Bene. Questo è uno degli aspetti. L'altro punto importante è che i lavoratori non volevano la concorrenza sui posti di lavoro."

Alla fine della lezione, Dennis Rogers disse ad Abby: "Il signor R è un bravo insegnante, ma a volte fa l'idiota. Ti ci abituerai."

Ashley aspettò ad entrare finché la classe si fu svuotata.

"Salve, signor Gilbert", dissero Rachel Downey e Nicole Ginsberg, mentre imboccavano il corridoio.

"Ciao, ragazze", disse Ashley.

Fritz scosse la testa. "Farai meglio a stare attento a quelle due. Se continui a fare donazioni per le loro cause, mi mangerai tutti i viveri."

"Stai meglio?"

"Avevi ragione. È più facile insegnare e portare avanti la giornata che preoccuparsi di ciò che succederà dopo."

"Posso passare da voi prima di andare?"

"Lo farò sapere a Linda, ma probabilmente mangeremo al fast food. Voglio ancora controllare la mia lista e confrontarla con la sua."

"Bene. Ne ho una anch'io." Andò via.

I ragazzi del primo anno aspettavano di nuovo in silenzio. Non essendo abituato a un comportamento così strano, Fritz chiese loro cosa stesse succedendo. "Domanda seria da insegnante. Mi chiedo come mai siate tutti così silenziosi. Qualcuno me lo può spiegare?"

"Signor Russell, non dovremmo stare zitti?" chiese Emma Garland. Saltò via il tappo e la classe iniziò a rispondere alla sua domanda. Tutti insieme.

"Ok, ragazzi. Così va meglio. Qualcuno di voi ha pensato al nostro esercizio di venerdì?" Quasi tutte le mani si alzarono. "Jill, che ne pensi?"

"Signor Russell, credo che abbiamo dimostrato che è importante conoscere tutti gli aspetti di un problema."

"Grazie, Jill. E questo come influisce sul governo? Don?"

"Beh, può influire positivamente e negativamente."

"Come mai?"

"Dal lato positivo, rende possibile il compromesso. Dal lato negativo, è necessario che le persone siano disposte a trovare dei punti di accordo."

"Bella risposta."

Ron Weatherby disse: "Credo che signifIchi che il voto ha un peso, signor Russell. Se si vota per persone che dicono che non scenderanno a compromessi, ad esempio sui loro principi, quel governo non potrà fare niente. Ed è lì per fare delle cose, no?"

Fritz disse: "Grazie, Ron. Questa è la base di ciò che tratteremo per tutto l'anno. C'è di più che farsi eleggere." Vide le loro facce attente, in ascolto. "Quando i valori e gli approcci al governo sono talmente divisi da rendere impossibile il compromesso, come ha detto Ron, non si arriva a nulla. Qualcuno riesce a pensare a un momento in cui la mancanza di un compromesso ha sconvolto il governo?"

Fritz indicò Becky Trainor. "Alcuni anni fa, i Repubblicani dissero che non avrebbero accettato nessuno dei suggerimenti del presidente. Hanno conseguito ben poco, ma questo ha influito sulla credibilità dell'America agli occhi del mondo, ha detto mia madre. Lei è un giudice."

"Bene, Becky. Non è ciò a cui stavo pensando in questo momento, ma è un ottimo esempio."

"Signor Russell", continuò Becky, "ha anche detto che entrambi i partiti hanno dei sistemi per evitare che le cose accadano. Ha detto che le chiamano procedure."

"Esatto. Ne parleremo quando affronteremo il processo legislativo nel corso dell'anno. Grazie. Qualcun altro?"

David Ruiz disse: "Signor Russell, la Guerra Civile potrebbe essere un esempio?"

"Lo sarebbe, David?" chiese Fritz.

"Beh, il Nord e il Sud non erano d'accordo sulla schiavitù, quindi c'è stata una guerra."

"Questo è l'esempio che avevo in mente, Becky. Ma ce ne hai dato uno moderno. Ben fatto. Sapevate che quasi non riuscimmo ad avere la Dichiarazione di Indipendenza perché alcuni membri del Congresso Continentale erano riluttanti a lasciare l'Inghilterra e dichiarare l'indipendenza avrebbe portato alla guerra?" Fritz vide quello sguardo speciale che hanno i ragazzi quando afferrano veramente qualcosa. La classe trascorse il resto di quell'ora a leggere e discutere sul preambolo della Costituzione. Quando ebbero finito, Fritz disse loro: "Per venerdì, voglio un saggio di 300-500 parole su cosa significhi per voi quel preambolo. Pensate a come questo paragrafo influenzi le nostre vite attuali. *Noi il popolo* ... ne parleremo ancora venerdì."

CAPITOLO OTTO

CON QUESTO il lunedì era terminato, perlomeno per i suoi studenti. Mentre la classe si svuotava, chiamò Linda. Felice che Ashley avesse stilato un'altra lista, lei disse: "È bello che ci sta ragionando anche lui. Potremo confrontare le note." Prese la valigetta e uscì. Ashley uscì dalla sua classe e guardò in fondo al corridoio, nella direzione di Fritz. Poi il suo sguardo si spinse oltre. George avanzava verso di loro.

"Aspetta, Fritz. Aspetta, Ashley. Voglio parlarvi."

"Oh, cavolo", disse Ashley. "Sto cercando di andarmene, George. Di cosa hai bisogno?"

"Entriamo qui", disse George, indicando la classe vuota di Fritz. "Io e Lois abbiamo parlato dell'esercizio di ieri sera e lei si è chiesta se ci fosse la possibilità di avere dei feriti e dei morti. Questo non mi piace."

Fritz mise la mano sulla spalla di George e lo guardò dritto negli occhi. "George, questa è una missione di combattimento. Se ci riusciranno, faranno saltare in aria le strutture delle armi nucleari. Probabilmente quelli sono dei posti ben sorvegliati e i nariani hanno un esercito ben organizzato. Se siamo fortunati, se i nostri sono fortunati e le mappe sono accurate, nessuno dovrebbe farsi male. Però, George, entreranno più di cento soldati. Magari la scuola si sporcherà un po' di sangue; e allora?"

"E *allora*? Domani avremo lezione." Il sussurro di George venne seguito dall'eco.

"George, fermati. Se ci saranno dei feriti o dei morti, cosa avranno domani quei soldati?" Fritz fece una pausa per fargli afferrare bene l'idea. "Sei un membro della squadra. Come suggerisci di gestire quel piano d'emergenza?"

George si fermò a riflettere. "Beh, potrei chiamare i custodi."

"Idea giusta. Persone sbagliate. Ti suggerisco di parlare col maggiore e chiederle di assicurarsi che ci sia una squadra di pulizia."

"È una buona idea, Fritz. Lo dirò a Lois."

"Sì, George … ma non dimenticarti di dirlo al maggiore."

"Oh, no, no, certo che no. Lo farò."

"Possiamo andare ora?" chiese Ashley.

"Ah, ok. Ci vediamo." Quando George li lasciò, Ashley alzò gli occhi al cielo.

"Lascialo stare, Ash. Perlomeno Lois ci sta ragionando sopra."

Dopo che George si fu allontanato, Fritz disse che il clima era favorevole e volle provare il portale. Aveva una domanda per Robert E. Lee.

Ashley fece una smorfia. "Perché adesso? Torneremo qui più tardi. Andiamocene via."

"Il clima è favorevole e voglio parlargli. Tu vai. Linda ci sta aspettando per parlarci." Fritz mise il cappotto e la valigetta sul banco di uno studente. "Oppure potresti venire con me."

"Cosa vuoi chiedergli?"

"Te lo dirò dopo." Mise il libro col fermaglio sulla scrivania, poi si diresse alla porta. "Vieni?"

Il generale sollevò la testa e si fermò quando Fritz e Ashley entrarono nel suo ufficio. Sorridendo, salutò i suoi visitatori. "Piacere di rivedervi. Dopo così poco tempo."

"Scusi il disturbo, Generale." Fritz esitò, cercando le parole giuste. "Mi è stato chiesto di usare il nostro portale per una missione militare. Non sono sicuro di fare la cosa giusta. Vorrei che mi desse la sua opinione."

"Signor Russell, non sono sicuro di poterle dare dei consigli. Ma sarò felice di provarci."

Fritz spiegò la situazione, il livello di distruzione che avrebbero potuto prevenire, la richiesta del presidente e il fatto di aver accettato senza considerare tutte le conseguenze. Anche se l'azione avesse avuto un buon esito, temeva che il portale potesse diventare uno strumento di guerra. "Generale, sono un insegnante, non un soldato."

Lee lo ascoltò, rigirando gli occhiali fra le dita, e annuì quando Fritz parlò della sua riluttanza. "Signor Russell, capisco. Il signor Lincoln mi aveva chiesto di prendere il comando dell'esercito americano. Una scelta dolorosa da fare, però, come lei sa, ho rifiutato." Esitò e sospirò. "Sono stato un soldato per gran parte della mia vita. Ho mandato degli uomini in battaglia, sapendo che sarebbero potuti morire. Non sono sempre stato felice delle mie scelte o delle decisioni che ho dovuto prendere. Alcune lotte sono inevitabili, alcune battaglie sono necessarie." Fissò intensamente Fritz. "Deve scegliere fra la decisione facile e quella giusta. Non posso dirle quale sarà quella giusta. Però, nel suo cuore, lei lo saprà."

DOPO CENA, Fritz terminò la lista per l'escursione di quella sera. Vista satellitare. Squadra medica. Squadra di pulizia?

"Telecamere", disse Ashley. "Ogni squadra. Per registrare ciò che vedono. Magari montate sul casco. L'ho visto in un film."

"Giochi a fare il soldato?"

"Non stiamo giocando, Fritz. Non ti hanno informato su tutti i dettagli, anche se gliel'hai chiesto. Sto solo cercando di pensare come dovrebbero fare loro."

"Beh, è una buona idea." Fritz scrisse una nota. "E dobbiamo ricordargli le telecamere della scuola. Spero che torni anche Tom. Spero anche che vada tutto liscio come ieri sera."

"Fritz, dobbiamo chiedergli che rischi correrà la scuola", disse

Linda. "Dovremmo aggiungerlo alla lista. Ash, il Maggiore Barclay ti ha dato il suo indirizzo email? Dovrei mandarle la lista."

Prima che Ashley potesse rispondere, Fritz disse: "Ne stamperò alcune copie da portare con noi."

Ashley disse: "Non me l'ha dato, ma dovresti aggiungere alla lista di chiederglielo. Non solo il suo, ma anche quello del colonnello, di Tony e di chiunque altro. Tom Andrews, James, chiunque sia parte della supervisione di questa giostra."

George e Lois erano fuori ad aspettare, quando loro arrivarono a scuola. Ancora una volta, perfettamente in orario, i primi veicoli ufficiali entrarono nel parcheggio. Prima il convoglio dei Suburban, poi degli scuolabus che vennero parcheggiati fianco a fianco. Fritz commentò che qualcuno aveva avuto una buona idea; nessuno avrebbe messo l'attenzione sugli autobus scolastici. Tutti i partecipanti alla serata precedente, ad eccezione del maggiore, si unirono ai civili. Entrarono senza far domande. I soldati, però, non scesero dagli autobus.

L'aula di Ashley divenne l'area di allestimento e il centro di comando. "Prima di iniziare a scaricare, voglio discutere il nostro piano", disse il colonnello Mitchell. "Torneremo a Bagram. Ogni squadra rimarrà per almeno quindici minuti. Le squadre tre e quattro rimarranno per almeno trenta minuti. In realtà non sappiamo di quanto tempo ogni squadra avrà bisogno, quindi mi sembra saggio scaglionare i ritorni. Signor Almeida, come va con le fonti di energia?"

Tony rispose: "Abbiamo fatto in modo di tenere gli aerei nelle vicinanze, per generare costantemente la turbolenza, ed ho portato due generatori di corrente, più uno di scorta in caso ci servisse più energia. Non so come andrà se prima non ci proveremo, Colonnello."

"Quanti ne entreranno, Colonnello?" chiese Lois.

"Centododici in totale. Sette siti."

"E i piani di riserva?" chiese lei.

"Signora? Mi dispiace, non ne abbiamo in programma."

"Che mi dice del sostegno da questo lato?" continuò Lois.

"A parte i piloti e la squadra medica, nessuno, signora."

"Beh, questo non è un piano!" Lois cominciava a scaldarsi. "Colonnello, non ha pensato a cosa vi servirà quando torneranno?"

"Prenderemo armi e bagagli e ce ne andremo, sarà come se non fossimo mai stati qui."

"Colonnello", disse Lois, alzando la voce, "questa è una scuola pubblica. Ragazzi e insegnanti vengono qui ogni giorno. Abbiamo dovuto pulire e rimettere tutto in ordine, la notte scorsa, ed eravate solo in venti. Vi serve una squadra di pulizia per sistemare questo posto." Trattenendosi appena dall'urlare, fece fare un passo indietro al colonnello. "State portando qui armi ed esplosivi. Dovrete portare fuori delle cose, no?" Il colonnello annuì. "Dove le metterete? Nel corridoio? E cosa succederà se qualcosa andrà storto? Avete delle ambulanze in attesa?"

Il colonnello disse: "Avremo una squadra medica."

"Lois, lascia che me ne occupi io", disse Fritz. "Colonnello, abbiamo preparato una lista di ciò che pensiamo possa servirvi." La passò al colonnello Mitchell. "Ci abbiamo lavorato da ieri sera. Abbiamo cercato di vedere le cose dal vostro punto di vista e dal nostro. Penso che riconoscerete la necessità di ogni cosa che abbiamo elencato."

Il colonnello lesse la lista e la diede a Tony, mentre Linda ne dava una copia a Tom Andrews. A quel punto, entrò un soldato. Guardarono verso la porta. Vestito in tenuta mimetica e con la faccia dipinta, un giovane maggiore con una nuovissima arma d'assalto si avvicinò a loro. "C'è qualche problema, Colonnello?" La voce tradì il travestimento. La guardarono per un attimo e lei disse: "Salve."

Ashley disse: "Che io sia dannato", ma non era ciò che voleva dire.

"Maggiore", disse il colonnello, "la signora McAllister ha gentilmente sottolineato alcune delle cose che non abbiamo preso in considerazione. E la signora Russell ha preparato una lista di ciò di cui abbiamo bisogno." Le passò il foglio in cui erano elencate le preoccupazioni di Lois.

"Grazie a tutti. Eravamo impegnati a portare tutto qui. Alcune di queste cose non le avevamo pianificate, ma ce ne occuperemo. Sarà presente una squadra medica quando faremo sul serio." Piegò il foglio e se lo mise in tasca.

Ashley le chiese: "Entrerai?"

"Sì", disse lei. "Iniziamo. Signor Russell, porteremo qui i vari gruppi man mano che quelli precedenti avranno attraversato il portale, invece di tenerli tutti qui. Quanto tempo le serve per sostituire le mappe?"

"Dopo che l'ultimo uomo, o donna, sarà entrato e la porta si sarà chiusa, ci vorranno dai dieci ai quindici secondi. Non dovremmo sprecare del tempo portandoli qui un gruppo per volta. Dovrebbero aspettare tutti in corridoio. Così non avremo nessun ritardo e nessun traffico all'esterno."

"Ok, proviamo e vediamo", disse il colonnello. "Faremo due prove. Una di cinque minuti, per permettergli di familiarizzarsi, poi quella programmata."

"Grazie a tutti", disse il maggiore Barclay. "Avete fatto un lavoro notevole su questo. Lo apprezzo molto. Siete tutti pronti?" Fritz riconobbe in quel *tutti* lo stesso accento che aveva sentito da Robert E. Lee. "Vado a predisporre tutto", rispose Fritz. "Avete le mappe?"

Lei diede una pacca su una borsa di pelle che portava sula stessa spalla su cui teneva il fucile. Posò il fucile contro il muro e gli diede le mappe. Lui andò in classe, mise la chiave nella serratura della scrivania, prese una graffetta e la mise sulla prima mappa. Posò la prima mappa sul lato sinistro della scrivania e mise le graffette sui segni a matita relativi alla notte precedente. Quando passarono due auto, Fritz alzò lo sguardo. Abbassò le tende.

Quando uscì dalla classe, il corridoio non era più silenzioso. La prima squadra stava iniziando ad entrare nella scuola, con gli stivali che raschiavano il pavimento dell'androne e i fucili a tracolla. Tony Almeida e un soldato si diressero verso di lui, portando un generatore ciascuno e posandoli sul pavimento accanto alla porta. Il colonnello fece allineare i suoi uomini. A Fritz vennero in mente i vecchi film in cui i paracadutisti si preparavano a saltare da un aereo. Ma quegli uomini non avevano grossi zaini, solo un sacco di caricatori di munizioni, pistole e armi più grandi.

"Tony, voglio parlarti di una cosa", disse Fritz. "Ieri sera, ogni volta che cambiavo le mappe, riappariva l'aula invece del portale. Penso che quando la porta si chiude, il portale si chiuda dal nostro lato. Quando attivo un'altra mappa, il portale si riattiva per tutti. Come un reset. Questo potrebbe spiegare il fatto che a volte dall'altra parte non riuscivano a vederlo e anche le differenze di tempo e i cambiamenti nel flusso di energia. O magari si tratta solo del cambiamento delle mappe. Cosa ne pensi?"

"Qualunque cosa sia, succede qualcosa al portale. Teniamo d'occhio ciò che succede stasera. Ci penserò mentre ci lavoriamo. Potresti avere ragione. Sarebbe interessante. Ne parleremo dopo."

Il colonnello guardò Fritz e Tony. "Siamo pronti, Colonnello", disse Fritz.

Il colonnello Mitchell si affacciò alla finestrella della classe di Ashley e bussò. Un attimo dopo, il maggiore Barclay ne uscì, seguita da tutti gli altri. Parlò ai soldati nel corridoio. "Stasera metterete la sicura alle armi. Vogliamo farvi vedere come funziona. Andrete dell'altra parte, il vostro caposquadra lascerà lì un segnale, resterete per cinque minuti e tornerete qui. Dovrete osservare tutto ciò che sembra fuori dall'ordinario e riportarlo quando ritornerete. Domande?" Silenzio.

"Io sarò col gruppo numero quattro. Andiamo!" Fritz afferrò la maniglia, sentì la scossa e aprì la porta. Il gruppo numero uno entrò. Mise la seconda graffetta e posizionò la nuova mappa sotto la prima. Quando la porta si chiuse, afferrò di nuovo la maniglia e fece entrare il gruppo numero due. Ripeté i passi per il gruppo successivo e disse "buona fortuna" al maggiore quando il gruppo numero quattro arrivò alla sua porta.

Prima che il sesto gruppo potesse entrare, fecero uscire il primo. Fritz attese che il portale si resettasse e lo aprì. Il gruppo numero tre uscì in anticipo e il sette rimase in attesa perché tornò anche il gruppo numero quattro. Barclay guardò l'ultimo gruppo in attesa. Fritz resettò nuovamente il portale e ci fece entrare il gruppo numero sette.

"Cos'è successo?" chiese Fritz al maggiore. "Siete in anticipo."

"No, non lo siamo. Ma perché il gruppo numero sette era ancora qui?" chiese, guardando il cronometro. Fritz guardò. Segnava cinque minuti e dieci secondi. A quel punto ritornò il quinto gruppo.

"Come sospettavamo ieri sera, il tempo ha delle variazioni all'interno del portale." Lei entrò nella classe di Ashley, dove Ashley e Linda la raggiunsero. George, facendo sentire la sua voce per la prima volta, chiese ai soldati in corridoio se qualcuno di loro dovesse usare il bagno. Guidò più della metà delle truppe in fondo al corridoio.

Quando tornarono gli ultimi due gruppi, Fritz andò nella classe di Ashley, controllando il suo orologio. Erano le nove in punto. Interruppe Lois, che insisteva che la scuola venisse pulita per la mattina dopo, e disse che erano tornati tutti. George ne aveva portati parecchi in bagno. Il colonnello si avvicinò alla porta e annunciò che chiunque avesse bisogno dei servizi doveva andarci subito. "Ricominceremo fra tre minuti."

Tom guidò il gruppo successivo verso i bagni, mentre George tornava con la sua brigata. George tornò indietro per occuparsi del nuovo gruppo. "Usate sia i bagni dei ragazzi che quelli delle ragazze, così farete più in fretta."

Il colonnello si rivolse alle persone presenti in classe. "Quando torneremo dovremo fare rapporto. Lo faremo nel corridoio. Signor Russell? È pronto?" Fritz disse di sì e si diresse alla sua scrivania. Controllò la pila di mappe, mise la prima in posizione e uscì.

Il maggiore Barclay chiese: "Gruppo uno, tutti presenti?"

"Sì, signora.

"Gruppo due?"

"Sì, signora."

"Gruppo tre?"

"No, signora."

Il gruppo si diresse al bagno, con gran rumore di stivali, precipitandosi nell'altro corridoio. Quando tornarono, lei disse: "Ascoltate." Nel corridoio calò il silenzio. "Stavolta staremo dentro per quindici minuti, tranne i gruppi tre e quattro. Al ritorno, riprenderete le posizioni che occupate adesso e farete rapporto. Domande?" Nessuna. "Andiamo!" Fritz aprì la porta. Quando tutti i gruppi furono entrati, calò il silenzio. Attesero. Il rumore nel corridoio cessò. Quindici minuti furono molto lunghi. Il telefono di Fritz cominciò a suonare. Guardò lo schermo e rispose.

"Signor Russell, siamo sotto attacco", disse il maggiore. Si sentivano gli spari. "Non riusciamo a vedere l'uscita."

"Un attimo." Fritz disse a quelli accanto a lui: "Il gruppo numero quattro è sotto attacco. Non riescono a vedere l'uscita. Tony, puoi fare qualcosa?"

Il colonnello Mitchell chiamò Bagram. Disse al generale, che era rimasto in attesa, che gli infiltrati stavano sparando su uno dei gruppi. Gli diede le coordinate. "Generale, abbiamo diciassette soldati là fuori. Non sparategli."

Fritz disse: "Maggiore, la cavalleria sta arrivando. Tony sta spremendo i generatori." Il rumore al telefono dava l'idea di una brutta battaglia. "Riuscite a capire quanti ce ne sono?"

Lei disse: "Non faranno in tempo. Potete mandare degli uomini alla nostra posizione? Magari così si riaprirà il portale. Questo non l'avevamo pianificato. Devo andare."

Il colonnello rimase al telefono. "No, generale, non sappiamo quanti sono." Fritz guardò le facce preoccupate di Linda e Ashley. Lois dava l'impressione di averlo previsto.

Il primo gruppo tornò un paio di minuti dopo. Il caposquadra, un capitano dei Marine, andò direttamente dal colonnello. "Signore, abbiamo sentito degli spari. Sembra che uno dei gruppi sia stato preso di sorpresa."

"Sì, Capitano. Siete pronti a tornare a prenderli?"

"Sì, Signore."

Fritz non rimase ad aspettare degli ordini. Preparò la mappa del gruppo numero quattro e annuì al colonnello.

"Andate e buona fortuna. Venite fuori subito, il più velocemente possibile. Questo è reale. Togliete le sicure."

Poco dopo tornarono il secondo e il terzo gruppo. Entrambi i leader di quei gruppi affermarono di aver visto e sentito gli spari. Tony Almeida si sedette sul pavimento accanto ai generatori ed ascoltò i rapporti. Tornò il gruppo numero cinque, poi arrivò il sesto, i cui uomini riferirono di aver visto dei fari muoversi nel deserto. Infine emerse l'ultimo gruppo.

Fritz disse: "Spero che il maggiore richiami." Ashley andò da Fritz e non disse niente. La porta della classe di Fritz si spalancò e i gruppi uno e quattro si affrettarono a rientrare. "State lontani dalla porta", urlò Fritz, mentre il resto dei soldati rientrava nel corridoio strisciando. Dieci soldati, incluso il Maggiore, rimasero dentro. Si sentivano degli spari in rapida successione. All'improvviso, un colpo sul muro di fronte alla porta sparpagliò calcinacci sul pavimento. George sussultò. Tom estrasse la pistola e avanzò verso il portale. Anche il leader del gruppo due, col fucile spianato, oltrepassò Fritz. Altri proiettili colpirono il muro.

Fritz disse: "Linda, andate tutti nella classe di Ashley. Presto!" Sparirono immediatamente. Non riusciva a vedere attraverso la finestrella della porta. Sperava che quelli ancora a Bagram potessero vedere la luce del corridoio, ma suppose che riuscissero a vedere solo la sagoma del portale. Perlomeno, sperava che la vedessero.

Il telefono di Fritz squillò.

"Signor Russell, non riusciamo a vedere il portale", disse il maggiore. La voce calma mascherava la sua ansia.

"Lo riattiverò", disse lui.

Fritz corse nella classe, tolse la graffetta, la rimise al suo posto e tornò in corridoio. Chiuse la porta e la riaprì immediatamente. Sentì gli spari di diverse armi, fra le quali riuscì a riconoscere la voce di basso di una mitragliatrice. Dal portale, come una famiglia di anatre, strisciarono dentro gli altri uomini e il maggiore.

Quando lei apparve, Ashley cercò di aiutarla ad alzarsi, ma lei urlò: "Stai indietro fino a che la porta non si chiude. Ci siete tutti?" gridò. Ci volle un attimo, mentre finivano di contarsi, poi nel corridoio si sentì: "Tutti presenti". Il colonnello sbatté la porta.

Ci vollero un paio di minuti prima che tutti riprendessero a respirare normalmente. Ashley aiutò il maggiore ad alzarsi. Controllò se fosse ferita, dato che prima di quel clamoroso urlo in corridoio era nel bel mezzo di una sparatoria.

"Nessuno è stato colpito, signora."

"Bene. Ok. Sedetevi tutti. Dobbiamo parlarne prima di andarcene."
Mentre le truppe si sistemavano sul pavimento del corridoio, si aprì la
porta della classe di Ashley. George tirò fuori la testa, poi entrarono
nel corridoio Lois e Linda. Linda guardò Fritz.

"Sto bene", disse lui in risposta al suo sguardo interrogativo.
George andò a indagare sui danni: fori nel muro, intonaco sul pavimento e polvere di gesso che turbinava nell'aria.

Il colonnello chiese ai leader delle squadre di fare rapporto. "Un
gruppo alla volta. Dobbiamo parlare di due viaggi. I registratori sono
accesi?"

"Sì, Signore" rispose ogni gruppo.

Non ci avevo pensato neanche io, pensò Fritz, mentre ascoltava le
risposte.

Il primo capitano disse che nel viaggio iniziale non c'erano stati
problemi, mentre nel secondo c'erano stati problemi solo quando
erano pronti al rientro. "Colonnello, il punto di uscita non era visibile
quando abbiamo incontrato il gruppo quattro. Sono rimasto vicino
all'entrata e ho fatto passare tutti davanti a me. Quando la porta si è
chiusa, era buio pesto. L'uscita ha lampeggiato un paio di volte, ma
non è servito a niente. Dopo che il Maggiore Barclay ha chiamato, è
diventata di nuovo visibile, ma debolmente."

"Sareste in grado di entrare in una zona calda e orientarvi rapidamente?" chiese il colonnello.

"Penso che staremo bene se andremo in zone ben illuminate. Non
c'era nessun rumore quando siamo andati."

"Gruppo due?"

"Liscio come l'olio, Colonnello."

"Gruppo tre?"

Il leader era un capitano della Marina, un Seal, e l'ufficiale di grado
superiore fra tutti i gruppi. Disse: "Colonnello, se vogliamo portare
fuori personale e attrezzature, dovremo tener presente il punto d'ingresso e riuscire ad uscire immediatamente. Credo che dovremo
prolungare i timer degli esplosivi, dovranno durare più del previsto.
Probabilmente dovremmo anche nasconderli meglio. Ma dobbiamo

avere più tempo prima che esplodano, se vogliamo uscirne sani e salvi."

"Giusta osservazione, Capitano. Domani il maggiore ripasserà i piani di estrazione coi leader delle squadre. Capitano, pensa che gli uomini che abbiamo siano sufficienti?"

"Se incontreremo qualche resistenza, non credo. Avete informazioni su cosa troveremo? Incontreremo solo dei civili o dovremo aspettarci resistenza armata?"

"In base alle informazioni in nostro possesso, quelle strutture sono così ben nascoste che i nariani non ci tengono dei militari per non attirare l'attenzione. Ma non ne avremo la certezza finché non saremo lì."

Il colonnello Mitchell chiese: "Gruppo quattro, cos'è successo?"

Il Maggiore disse: "Abbiamo sorpreso un gruppo che cercava di infiltrarsi. A giudicare dagli spari, dovevano essere tra i trenta e i cinquanta uomini, a non più di cinquanta metri di distanza. Hanno iniziato a sparare mentre arrivavamo. Siamo stati fortunati. Signor Russell, la sua idea dei telefoni ci ha salvati. Grazie."

Quando il rapporto fu terminato, George dovette gestire una nuova serie di richieste di usare i bagni. "Non sono un galoppino dei bagni", borbottò mentre si occupava degli uomini, "sono il preside."

"Dobbiamo andarcene in fretta e in silenzio", disse il maggiore. "Assicuratevi di non lasciare niente. Neanche l'involucro di una gomma da masticare. Questo posto deve essere in perfette condizioni per le lezioni del mattino. Risalite sugli autobus che avete preso per venire qui. Un uomo di ogni gruppo deve restare indietro per assicurarsi che non abbiate lasciato nulla."

Lois disse: "Grazie."

Fritz e Ashley aiutarono a portare fuori i generatori.

"Signor Russell, possiamo parlare? Si occuperà uno dei soldati di portare l'attrezzatura." Tre soldati si offrirono subito di dare una mano. Ashley prese un generatore con un gemito e disse: "L'hai portato da solo?" Il generatore colpì il pavimento.

Tony alzò lo sguardo e disse: "Forse non sembra, signor Gilbert, ma alla panca sollevo 100 chili."

Ashley sbuffò. "Non ci tengo ad emularti."

Mentre le truppe risalivano sugli autobus, George continuava a fissare i fori di proiettile nelle pareti. Fritz toccò il braccio del maggiore e le indicò George.

"Un'altra cosa che non avevo considerato", disse. "Signor McAllister, può giustificare una verniciatura completata solo in parte per domattina? Farò venire una squadra di riparazione stasera per sistemare i buchi e ridipingere, ma non riusciremo a finire l'intero corridoio entro domattina."

"Lo farete stasera?" chiese George. "Questo significa che dovrò restare."

Tom mise la mano sulla spalla di George e disse: "Puoi andare a casa, George. Chiudo io per te. Sono già venuto qui di sera."

"Ok, allora", disse George. "Assicurati che tutte le luci siano spente quando te ne vai."

"Tom, le telecamere di sicurezza", disse Fritz. Tom annuì.

"Ti farò entrare in ufficio", disse George.

"Nessun problema, George. So come entrare. Ci penso io." George elaborò lentamente la padronanza di Tom sulla scuola. E il fatto che potesse aprire le porte senza le chiavi ufficiali.

"Andiamo a casa, George", disse Lois. "Ci vediamo domani. Buonanotte."

"Ci vediamo domattina", disse George. Mentre uscivano, gli agenti dei servizi segreti che erano rimasti nel parcheggio entrarono per informarsi sui preparativi per la partenza.

Il maggiore Barclay disse: "Ragazzi, dateci un paio di minuti. Signor Russell, devo controllare la sua lista e vedere cos'altro dovrò portare qui mercoledì."

In quel momento, il telefono di Fritz squillò. "Il presidente", disse. Tutti gli occhi si voltarono verso di lui.

"Scusate il ritardo", disse il presidente. "Ci sono ancora tutti?"

"Abbiamo quasi finito."

"Com'è andata?" Il presidente sembrava ansioso.

"Alcuni problemi con il portale, Signor Presidente. Una delle squadre ha incontrato un gruppo di infiltrati. Glielo farò spiegare dal dottor Barclay, cioè, dal Maggiore Barclay. Lei è andata col quarto gruppo. Aspettate." Le passò il telefono e si avvicinò a Linda e Ashley.

Tony era tornato dentro e aveva aspettato con gli agenti finché Fritz aveva finito di parlare. Disse: "Penso che tu abbia ragione, Fritz. Ho controllato ogni volta che sei andato in classe. La porta deve chiudersi e riaprirsi perché tu possa cambiare le posizioni. Non si riesce a vedere la tua stanza quando loro sono dentro il portale. Solo quando riapri la porta. Questo potrebbe spiegare il fatto di non riuscire a vedere l'uscita dall'interno." Tony gli disse che, se ci fosse stata un'opportunità, avrebbe voluto misurare le fluttuazioni di energia all'interno del portale. "Se le modifiche alle mappe o l'apertura della porta possono essere misurate dall'interno, potrò occuparmi delle esigenze energetiche. In questo momento, sto solo tirando a indovinare."

"È molto più complicato di quanto avessi immaginato. Tony, se il Presidente vorrà usare ancora il portale, dovremo risolvere alcune cose."

Il maggiore Barclay parlò col presidente per qualche minuto, camminando per il corridoio. Tutti la sentirono dire: "Non dirà sul serio. Non possono farlo. Scusi, Signore. Mi ha presa alla sprovvista. È stata una lunga giornata, Signore. Me ne occupo io." Chiuse la chiamata, tornò indietro e restituì il telefono a Fritz.

"Domani", disse. "A quanto pare, gli israeliani sono pronti ad attaccare. Il presidente ha chiesto loro di aspettare fino al fine settimana per dargli il tempo di concludere una trattativa. Sembra che gli israeliani abbiano delle informazioni su un attacco pianificato durante i loro giorni sacri. Non sanno se sarà il Rosh Hashanah o lo Yom Kippur, ma non vogliono scoprirlo."

"Quindi, qual è il vostro piano?" chiese Ashley. "Siamo in ritardo. Avete il tempo di prepararvi?"

"Signor Gilbert, Ashley, dovrò passare un po' di tempo a controllare tutti gli appunti. Poter disporre della scuola durante il giorno renderebbe tutto più facile, ma questo è solo un altro problema da risolvere."

Tom disse: "Maggiore, la squadra per le riparazioni."

"Mi spiace." Fece una chiamata e disse loro che la squadra sarebbe arrivata entro 45 minuti circa.

Tom disse: "Preparerò un programma. Io e James resteremo qui. Mel vi accompagnerà. Dove vuole andare?"

"Vado in ufficio. Mi serve una linea telefonica sicura."

"Tornerai a Washington?" chiese Ashley.

"Tu conosci l'aeroporto. Abbiamo allestito un paio di nuovi edifici durante l'estate. Devo mettermi al lavoro."

"Ti serve aiuto?"

"Grazie Ashley, ma non puoi aiutarmi con ciò che devo fare. Dovrei spararti. Signor Russell, ci vediamo domani dopo la scuola, invece di mercoledì?"

"Sì, certo. Ma penso che ora possa chiamarmi Fritz. E lei è Linda."

"Bene. Io sono Jane. Ma quando ci sono i soldati dovremo attenerci alle formalità, ok?"

"Capiamo. Facciamo lo stesso con gli altri insegnanti in presenza dei ragazzi."

"Inoltre, Fritz", disse lei, "vi farò venire a prendere subito dopo la fine delle lezioni e vi farò portare nel mio ufficio."

"Posso guidare", disse Fritz.

"È meglio a modo mio." Andò verso la porta, si girò e disse: "Buonanotte. Ci vediamo domani."

CAPITOLO NOVE

N ESSUN FORO DI PROIETTILE e una nuova mano di vernice accolsero Fritz e la verniciatura dei muri non sembrava più così orribile accanto alle piastrelle verde chiaro sulle pareti. *Quanto vorrei che dipingessero la mia classe.* Le mappe che avevano usato erano posate in una pila sulla sua scrivania. Le avevano dimenticate. La sua chiave spuntava dalla serratura. Nascose le mappe sotto una pila di cartelle e mise i suoi appunti per la giornata sulla scrivania. *Non posso schivare di nuovo la lezione. Devo riuscire a superare la giornata.*

Durante la prima ora, parlò dell'Europa feudale, inclusa l'evoluzione della nobiltà ereditaria e la crescita delle città-stato che si governavano sa sé e avevano incrementato il commercio. La sua concentrazione aumentò quando parlò delle invenzioni che avevano cambiato la guerra, come il ferro di cavallo e le staffe. *E ora è tutto high tech, come i droni. Devo assicurarmi che il portale non diventi un sistema facile per fare la guerra.*

Nel cervello di Fritz, tutto si collegava al portale. Durante la seconda ora parlò della distribuzione dell'energia elettrica nelle case, del conseguente sviluppo degli elettrodomestici e del risparmio di manodopera. Parlò ai ragazzi della rivalità tra Edison e Tesla. "Quelli di voi che studieranno fisica analizzeranno la differenza fra la corrente alternata e la corrente continua." Sentendo il nome di Tesla, i ragazzi vollero parlare di auto elettriche. Fritz continuava a pensare alle tempeste elettriche. "Domani parleremo della plastica", disse, mentre li faceva uscire.

Alle altre classi prima dell'ora di pranzo, Fritz parlò della colonizzazione nel Nuovo Mondo, in particolare di quella francese, spagnola e inglese. Tutti quei paesi avevano dei soldati nelle americhe; i francesi e gli inglesi reclutavano tribù indigene per farsi aiutare ad impedire agli altri di controllare la terra e il commercio di pellicce. *Mi chiedo se i ragazzi vedano le analogie con ciò che accade al giorno d'oggi. Sembrano molto più consapevoli del mondo.* Fritz disse ad entrambi i gruppi di prestare attenzione, durante le letture di quella sera, ai cambiamenti che ebbero luogo dalla fine del diciassettesimo alla metà del diciottesimo secolo, quando le guerre europee influenzarono la politica coloniale e il controllo nel Nuovo Mondo. I domini d'oltreoceano presentavano molteplici sfide per gli europei. Disse loro di considerare la necessità di un governo locale, quando gli insediamenti iniziarono a spingersi verso l'ovest. *Mi chiedo se penseranno all'Iraq e all'Afghanistan.* A pranzo, lo stomaco di Fritz ringhiava. "Oggi ho lavorato sul serio", disse ad Ashley. "Ancora non riesco a spiegarmelo, ma i ragazzi sembrano più interessati." Ashley annuì e prese dei panini in più per entrambi.

Il pomeriggio andò come si aspettava, finché Michael Murton non chiese se gli insegnanti avessero un sindacato. Questo fece saltare i suoi piani di parlare dei Cavalieri del Lavoro e dello sviluppo della Federazione Americana del Lavoro.

"Perché me lo chiedi, Michael?"

"Beh, ieri sera in TV qualcuno ha detto che i problemi dell'istruzione nascono dal Sindacato degli Insegnanti. Me lo stavo chiedendo."

"Parliamone in un contesto più ampio, ok?"

"Certo, signor R, non volevo interromperla."

"Va bene. Le cose sono collegate. Parliamo del perché i sindacati, compresi i sindacati degli insegnanti, si sono sviluppati. Prima dei sindacati, i datori di lavoro avevano il pieno potere di fissare salari e orari di lavoro; inoltre, le condizioni di lavoro spesso erano pessime.

Anche pericolose, in effetti. I lavoratori non avevano protezioni durante o dopo la vita lavorativa. Cosa sapete del perché abbiamo frasi come *salari da schiavi* e *officine del sudore?*" La classe intervenne con aneddoti moderni e storici, finché Fritz riuscì a riprendere il controllo.

"Ok, quindi si tratta di tutte le cose che avete appena menzionato. È per questo che i lavoratori hanno iniziato a unirsi. Volevano avere voce in capitolo su come avrebbero trascorso le loro vite lavorative. I primi sindacati, chiamati 'unioni di commercio', erano formati da operai e artigiani che praticavano un mestiere alle dipendenze di altri. Mentre le grandi aziende industriali, come quella dell'estrazione del carbone, quella automobilistica e quella dell'acciaio, crescevano, anche i loro lavoratori si sindacalizzarono; sì, abbiamo veramente coniato un nuovo verbo."

Lasciò che si mettessero al passo con gli appunti per un minuto, poi continuò. "In seguito, verso la metà del XX secolo, i dipendenti dei servizi pubblici, come la polizia, i pompieri, gli insegnanti e le persone che lavoravano per qualche governo, formarono anch'essi dei sindacati. I sindacati degli insegnanti sono per lo più locali, ma sono affiliati alle organizzazioni statali e nazionali. La società considera da tempo l'insegnamento un lavoro semplice senza grosse esigenze intellettuali.

"Le richieste più importanti degli insegnanti riguardano una paga più alta, un aiuto nello sviluppo dei programmi di studio e i benefici pensionistici. L'idea che ne hanno gli altri è che chiunque può entrare in una classe e insegnare, soprattutto ai livelli inferiori. Anche le discussioni sul bilancio, al giorno d'oggi, sono in una certa misura un riflesso del disprezzo storico per gli insegnanti. Gli insegnanti sono sempre stati fra i professionisti meno retribuiti. Qualcuno vuole indovinare perché? Mike, questa domanda è partita da te."

"Combacia tutto con quello che ha detto mio padre", rispose Mike. "Ha detto che gli insegnanti non realizzano delle cose, non c'è nessun prodotto che possa essere venduto a beneficio dell'economia. Gli insegnanti sono una spesa, non una risorsa. E ai contribuenti tocca pagare il conto."

"Non sono d'accordo con tuo padre, ma il suo punto di vista riflette l'atteggiamento storico nei confronti degli insegnanti. Credo che rifletta anche il pensiero comune a breve termine della società industriale. Gli insegnanti preparano gli studenti a pensare e ad applicare il loro cervello al lavoro. Si tratta di un investimento economico per il futuro. Quindi in effetti viene realizzato un prodotto: dei lavoratori migliori e dei professionisti di vario tipo. E dei politici."

Fritz inspirò profondamente. Aveva avuto questa discussione più di una volta col padre di Linda. L'unica cosa che superava il disprezzo di Tim Miller per gli insegnanti era la sua antipatia per il pagamento delle tasse che sostenevano i programmi governativi, incluse le scuole. Oltre alle loro divergenze politiche, l'atteggiamento di Tim nei confronti degli insegnanti era stato fonte di un conflitto tra Fritz e Linda, l'unico conflitto serio prima che incappasse nel portale. Aveva imparato col tempo di non poter criticare il padre di lei, quella era l'unica cosa che avrebbe sicuramente generato una lite.

"Negli anni 60, gli insegnanti iniziarono a fare degli scioperi per far riconoscere i loro sindacati." Fritz diede un'occhiata all'orologio e poi alla classe. "Michael, una cosa che ha detto tuo padre per me è sensata. I contribuenti pagano le scuole. Spesso tramite le tasse di proprietà. Qualcuno capisce perché questo potrebbe essere un problema?"

"Beh, in alcuni posti ci sono più persone, in altri ci sono più soldi", disse Dan. "Penso che significhi che certe scuole possono offrire cose migliori e pagare gli insegnanti meglio di altre."

"È vero, Dan. Le scuole in genere vengono sostenute dalle imposte locali sulla proprietà e dai fondi statali. È un sistema che porta avanti la disuguaglianza. Che effetto ha sugli studenti?" Fritz vide che cercavano una risposta. "Sì, Eric."

"Signor R, come ha detto Dan, alcune scuole possono offrire più programmi, come squadre sportive e musica. Ma le scuole con meno soldi hanno anche studenti le cui famiglie sono, beh, povere. Questo influenza tutti i ragazzi. Credo che nella maggior parte delle scuole gli studenti ricevano la colazione o il pranzo gratis. Per alcuni ragazzi, quella è l'unica garanzia di mangiare qualcosa. Non so gli altri, ma non riesco a immaginare le difficoltà che avrei a prestare attenzione, se il mio stomaco brontolasse tutto il giorno. Immagino che sia più difficile imparare, se uno ha sempre fame."

"Ed è più difficile insegnare, Eric, se i tuoi studenti non riescono a prestare attenzione. Scoprirai che questo è il motivo per cui la maggior parte degli insegnanti sostiene i programmi relativi ai pranzi a scuola e ai buoni pasto. Ok, ora parliamo dei compiti a casa."

Dopo la fine della lezione, Fritz rimase seduto alla scrivania mentre entrava la classe successiva. L'ottava ora lo deluse un po'. Prima di passare alla Costituzione, la classe parlò delle condizioni del paese dopo la Guerra d'Indipendenza. Nord e Sud. Piccoli stati e grandi stati. Aree urbane e rurali.

"Le differenze erano parecchie. La guerra aveva appena scacciato un governo basato su una monarchia. Molti gruppi si stavano insediando nel paese, tutti desideravano una vita migliore. E ne stavano arrivando altri. Come si governano così tante persone, in un territorio così grande, senza una facile comunicazione?

"Immaginatelo al giorno d'oggi." Fritz avvicinò il telefono all'orecchio. "Ciao, George. Sono Tom. Come governiamo questo paese?" Fritz passò il telefono all'altro orecchio. "Beh, Tom, io non ti conosco, ma non voglio un re. Voglio solo gestire la mia fattoria." Fritz continuò: "Quella conversazione avrebbe richiesto dei giorni. Settimane. Saprete, se avete fatto i compiti assegnati, che durante e dopo la guerra era in funzione un governo basato sugli Articoli della Confederazione. Chi vuole parlarci degli Articoli?" Li osservò alla ricerca di qualche barlume di comprensione, dato che non alzavano le mani. "Vediamo, Robin Hutchins. Dicci qualcosa."

"Posso usare il libro, signor Russell? L'ho letto, ma non ricordo tutto."

"Certo." La ragazza aprì il libro. "Tutti usano il libro."

"Grazie, signor R", disse lei. "Il Secondo Congresso Continentale ha nominato un comitato per redigere un sistema di governo per gli stati. Lo stesso congresso, il giorno prima aveva nominato delle persone per scrivere la Dichiarazione di Indipendenza. La prima bozza venne presentata il 12 luglio 1776, quattro giorni dopo la prima lettura pubblica della Dichiarazione di Indipendenza."

"Un buon inizio, Robin", disse Fritz. "Chi vuole continuare?"

Todd LeMaster alzò la mano.

"Beh, hanno discusso per un anno prima che quel piano passasse agli stati per essere ratificato."

"Qualcuno può dirmi cosa significa ratificato?" chiese Fritz.

Jay Bennett disse: "Significa che il governo ha votato e l'ha approvato."

"Bene, Jay. Ok, ragazzi, quanti articoli c'erano?"

Mary Phoenix disse: "Tredici, signor Russell."

"Bene. Ora voglio che li legga ad alta voce. Inizieremo da te", disse, indicando Frank Sands che quindi lesse il primo articolo.

"Lo stile di questa confederazione dovrebbe essere 'Stati Uniti d'America.'"

"La parola *stile* a volte viene ancora usata nei documenti legali, ragazzi. In pratica si intende il titolo. L'ortografia di quei tempi non era coerente. Potremmo parlarne in seguito. Il prossimo, Alison." Lesse il secondo articolo e Fritz la fece continuare a leggere il resto dei tredici articoli.

"Finalmente ratificati nel 1781, gli articoli vennero utilizzati per governare, anche se non ebbero una base giuridica fino alla ratifica finale. Il Congresso Continentale accettò gli articoli come un governo per le attività della guerra. Qualcuno sa dirmi cos'è successo dopo?"

Samantha alzò la mano. "Signor Russell, non hanno funzionato perché il paese è andato in bancarotta. Gli stati si ostacolavano a vicenda. In seguito, il popolo non fu d'accordo sul fatto che ci fosse un governo nazionale che controllava più cose di quante ne controllassero gli Articoli della Confederazione."

"Bene. I prossimi aspetti importanti che dobbiamo affrontare sono la stesura della Costituzione e la lotta per la sua ratifica." Quando suonò la campanella, Fritz disse: "Sapete quali sono i vostri compiti. Continuate le letture. A domani."

Mentre mettevano via le loro cose, entrò Linda. Sorpreso, Fritz disse: "Ragazzi, vorrei presentarvi la signora Russell. Questi sono i miei studenti del corso di prima superiore sul governo", le disse. Mentre la classe si svuotava, alcuni studenti lo salutarono.

Fritz le disse: "Ciao. Che succede?"

"Vengo con te. Abbiamo fatto questa lista insieme e voglio assicurarmi che sia tutto a posto."

Entrò anche Ashley, vide Linda e disse: "Ok. Quella donna potrà anche spararmi. Ma anch'io *faccio parte della squadra*."

All'uscita della scuola si fermò un Suburban con Mel Zack al volante, sorpreso di dover portare tre passeggeri. Fritz disse: "Ciao, Mel. Andiamo prima che arrivi George."

"Il maggiore mi ha detto di venire a prendere lei, signor Russell. Non credo che aspetti qualcun altro."

"**Questo posto sembra diverso** da quando ci siamo stati la scorsa primavera", disse Ashley mentre si avvicinavano all'aeroporto. La strada era sempre una strada sterrata, quando ci entrarono, ma si trasformò in una strada asfaltata appena divenne invisibile dalla strada principale. Incastonata tra gli alberi, una lunga struttura a un piano dall'aspetto di un magazzino divenne visibile quando imboccarono la curva. Gli alberi, quando fossero cresciuti del tutto, avrebbero nascosto l'edificio. All'interno, l'ingresso sembrava la hall di un hotel, con tavoli e sedie di lusso, un bancone simile a una scrivania da reception e anche un bar.

"Wow", disse Ashley. "Dall'esterno nessuno immaginerebbe cos'è questo posto. Che bello."

Mel disse: "L'idea era questa. È abbastanza confortevole, incluse le stanze private al piano di sotto." Dall'esterno non si vede che c'è un piano inferiore. Quando entrarono nel suo ufficio, il maggiore alzò lo sguardo dal suo blocco per gli appunti e terminò la chiamata. Non riuscì a mascherare la sorpresa.

"Non vi aspettavo tutti; solo lei, signor Russell, ehm, Fritz", disse, posando il telefono sul tavolo, "ma sono felice che siate qui." Quando guardò Ashley, apparve lo stesso luccichio della sera precedente. "Ho cercato di rimandare a domani questa cosa, ma mi hanno detto che non possiamo aspettare. Se andrete a scuola …"

"Andremo", la interruppe Linda.

Il maggiore continuò: "Allora vi assegnerò delle cose da fare. Se volete."

Ashley disse: "Dicci di cosa hai bisogno."

Scorse la lista, confrontandola con quella che le aveva dato Linda, e disse loro cosa voleva che facessero. Aveva anche degli incarichi per i McAllister.

"Signor Russell, scusa Fritz, è l'abitudine, hai le mappe di ieri sera? Ho dimenticato di prenderle. Non sono segrete, sono solo immagini satellitari, ma fanno parte del mio rapporto."

"Sono nella mia scrivania. Sono al sicuro. Maggiore, sono ancora preoccupato per i problemi energetici. Potreste rimanere intrappolati dall'altra parte del portale e, beh, potrebbe finire male."

"Tony ha lavorato ai calcoli tutto il giorno, ricalcolando le variabili. Avremo almeno altri cinquanta uomini pronti come riserve. Prepareremo un'aula come area medica, non si sa mai. Voglio che i corridoi siano il più sgombri possibile e il signor McAllister può continuare a gestire il traffico dei bagni. Ho bisogno che resti occupato."

Fritz chiese: "Avete dei telefoni per tutti?"

"No. Ne avremo tre per ogni squadra, ma tutti sapranno chi li ha."

"Se avrete dei feriti, dove li porterete?" chiese Linda.

"Qui. Avremo i trasporti. Abbiamo costruito un'unità medica completa all'estremità dell'edificio." Indicò in modo vago. "Non è grande, ma è attrezzata alla perfezione. L'ospedale per i veterani di Philadelphia è in allerta, ma non sanno il perché. Le nostre ambulanze saranno camuffate."

Ashley chiese: "Andrai di nuovo?" Lei annuì. Poi chiese: "Come vi occuperete dei prigionieri?"

"Verranno bendati prima di attraversare il portale. Li porteremo fin qui, agli aerei. Verranno portati in un'altra base. Non so dove. Questioni di sicurezza."

"Faremo tutto il possibile per aiutarvi", disse Fritz.

"Ci sarà un'attività costante, prima e dopo. Non sappiamo per quanto tempo staremo via. Quella è la parte in cui ho bisogno del vostro aiuto. E, Fritz, dobbiamo sistemare rapidamente quelle mappe. Non sappiamo che comunicazioni abbiano in quei posti." Continuarono a discutere dei dettagli. Per le cinque, avevano completato l'analisi. Almeno Fritz lo sperava.

"Ci vedremo a scuola?" chiese Linda.

"Sarebbe meglio. Vado a dare istruzioni alla mia squadra. Ci vediamo dopo." Li accompagnò alla porta.

Mentre se ne andava, Ashley disse: "Sei davvero G.I. Jane."

CAPITOLO DIECI

"SONO LE SEI MENO UN QUARTO", disse Fritz. "Panini?" Linda e Ashley furono d'accordo. La gastronomia affollata limitava la possibilità di conversazioni riservate, quindi portarono il cibo con sé. "Sei sicura di voler venire stasera?" chiese Fritz a Linda.

"Certo che no. Non vorrei che ci andaste neanche voi. Ma dobbiamo farlo tutti. Quindi rassegniamoci."

Alcuni studenti stavano passeggiando nel parcheggio quando loro arrivarono. "Football", disse Ashley. "Dovremmo controllare la scuola e assicurarci che se ne siano andati tutti prima che arrivi la cavalleria."

"Buona idea. Prima mangiamo." Fritz mise il suo panino sulla scrivania, prese le mappe e le mise nella sua valigetta. Si assicurò di avere abbastanza graffette e la scrivania sgombra. "Aspetta un attimo. Il presidente."

"Cosa?" chiese Ashley.

"Sarà al telefono durante tutta questa storia. Userà il mio numero di telefono. Il mio telefono è il collegamento con i soldati. Linda, hai il tuo?"

"Sì. Digli di usare il mio, ma che non so se la mia batteria reggerà."

"Andrà tutto bene", disse Ashley, "avrà un sacco di telefoni da scegliere, inclusi quelli di Tom e James."

Fritz chiamò il presidente e gli spiegò il loro piano. "Buona fortuna, Fritz. A tutti noi", disse il presidente. "Ci sentiamo tra un po'."

Mentre mangiavano, Linda disse: "Ash, non mi avevi detto che Jane Barclay è un ufficiale dell'esercito."

"Non lo sapevo fino a domenica, quando l'hanno chiamata 'maggiore'."

"Come fa ad avere del tempo per l'altro lavoro?" chiese Fritz.

Ashley scrollò le spalle. "L'altro lavoro probabilmente è il suo incarico militare. Non abbiamo più parlato da sabato. Forse quando sarà tutto finito riuscirò a chiederglielo."

Dopo una rapida verifica per assicurarsi che la scuola si fosse svuotata, Ashley, Linda e Fritz tornarono in classe. Alle sette meno dieci, George e Lois entrarono e si sedettero. Quando arrivò il convoglio guardavano tutti dalle finestre. L'agente Andrews, il maggiore Barclay e il colonnello Mitchell entrarono per primi. Il maggiore e il colonnello appesero dei cartelli in ogni stanza che avevano pianificato di usare.

George percorse il corridoio per leggere i cartelli. Si fermò quando vide una porta etichettata come OSPEDALE. Indicandola, guardò Lois e disse: "Ospedale." La sua faccia assunse un colore cremisi e cominciò a ricoprirsi di sudore. Il maggiore Barclay si unì al gruppo in corridoio. Tony Almeida entrò con cinque soldati che trasportavano i generatori. Fece loro un cenno di saluto, ringraziò i soldati, e si mise subito al lavoro. Poi il colonnello fece un cenno oltre la porta e il corridoio si riempì.

La squadra medica, con lettighe, barelle, bombole di ossigeno e tutte le attrezzature necessarie per una sala operatoria, era in testa. Portarono altri due generatori, cavi elettrici, computer e una macchina a raggi X portatile.

Il gruppo successivo portò dentro delle scatole di munizioni e delle casse contrassegnate con ESPLOSIVI. Cinquanta o più soldati guidati dal capitano Jerry Burnett, il Navy Seal, entrarono in una classe sulla cui porta spiccava la scritta RISERVE. Dopo che tutto l'equipaggiamento fu sistemato, entrarono le squadre di incursione e, come avevano fatto la notte precedente, si allinearono nel corridoio, fecero l'appello e verificarono la loro attrezzatura. Sebbene la conversazione fosse limitata e la quiete lo avesse sorpreso, Fritz sentiva la tensione crescere in preparazione alla missione. Il maggiore si avvicinò ai Russell, ai McAllister e ad Ashley e diede a ciascuno di loro un foglio di carta.

"Apprezzo il vostro aiuto di stasera. Speriamo che vada tutto liscio, ma non sappiamo cosa troveremo dall'altra parte. Signor McAllister, so che lei è preoccupato, ma abbiamo una squadra di pulizia che aspetta fuori. Nessuno saprà che siamo stati qui. Abbiamo fatto un buon lavoro ieri sera, no?"

"Sì, l'avete fatto. Sono stato molto felice del lavoro che hanno fatto. Spero che non ce ne sia ancora bisogno stasera."

"Lo speriamo anche noi, ma se dovremo rifarlo, lo rifaremo. Signor McAllister, si occuperà di nuovo di gestire il traffico verso i bagni? A partire da adesso? I ragazzi sono agitati e abbiamo bisogno che tutti siano attenti. Glielo dirò subito. Grazie." Poi annunciò: "Mancano venti minuti dall'inizio della missione."

Fritz chiese: "Hai le mappe per stasera?" Mise la mano nella borsa e gli passò il pacchetto.

"Signora Russell e signora McAllister, ho bisogno che registriate i tempi e teniate il conto delle persone in ogni gruppo. Quando le squadre torneranno, assicuratevi che ogni gruppo abbia il numero corretto di soldati." Passò una borsa a Linda e prese un cronometro. "Ogni squadra avrà uno di questi, così potremo tenere traccia di quanto tempo sono state via. I tempi di permanenza previsti sono scritti sul retro di ogni orologio. Così potremo vedere se le nostre stime sono adeguate alle informazioni che abbiamo e se qualcuno è nei guai." Poi si rivolse ad Ashley. "Il signor Russell sarà in contatto col presidente, ma tu devi restare con le riserve, in caso ne avessimo bisogno. Quando le squadre torneranno, voglio che tu diriga il traffico."

Ashley disse: "Certo, Maggiore. Non mi sembra un compito al di sopra del mio livello."

"Spero di no." Lo fissò per un attimo. "Dovrai mettere in fila i prigionieri e chiamare le squadre mediche, se necessario." Ashley si ritrovò improvvisamente con una responsabilità inaspettata.

"Wow", disse. "Farò del mio meglio. Pensavo che sarei rimasto qui a guardare."

Il maggiore disse: "Ho bisogno che te ne occupi. Deve farlo qualcuno che conosce bene questo edificio. Dovrai muoverti in fretta. Non possiamo lasciare che il corridoio si blocchi. Il Colonnello Mitchell ha detto a tutti di fare ciò che gli dirai. Quindi resta qui vicino. Ti presenterò. Domande? Chiedi pure. Io non sarò qui. Il Colonnello Mitchell e il Capitano Burnett coordineranno le cose da qui. Sanno di cosa ti occuperai. Dovrai stargli vicino quando inizieremo."

Quando iniziò l'ultimo turno per i bagni controllò l'orologio. Andò dal colonnello e indicò la stanza delle riserve. Lui annuì ed entrò, poi ne uscì seguito da un gruppo di soldati. Indicò in direzione del bagno.

Fritz tornò dai suoi amici. Tony aveva fatto i collegamenti elettrici, diversi dal solito. Tutti i fili erano inseriti in un manicotto di plastica flessibile inserito sulla maniglia della porta, per assicurare la stabilità dei collegamenti. Le graffette erano in posizione, allineate coi segni a matita sulle mappe.

Il maggiore disse: "Tony. Gli aerei. Il resto di voi, venite con me." Il maggiore entrò nella sala delle riserve. Tutti si alzarono. "Riposo", disse. "Voglio che conosciate le persone che vi dirigeranno da questa parte, specialmente quando torneremo. Vi occuperete voi di qualunque aiuto gli possa servire." Li presentò tutti. "Il signor McAllister è il preside, molti di voi già lo conoscono. Siete pronti?" Un coro di "Sì, Signora" e "Certo, Signora" riempì la stanza. "Due minuti e inizieremo."

Nel corridoio, il basso brusio svanì. "Ascoltate. Due minuti. Quando tornerete, questa gente vi dirigerà. Quindi prestate attenzione." Presentò Ashley come coordinatore della missione e disse al gruppo di cercarlo quando fossero tornati. Quando Ashley sentì il suo titolo, si raddrizzò visibilmente e alzò la mano. Linda scambiò uno sguardo divertito con Lois.

Il maggiore diede le istruzioni finali al colonnello. "Non sappiamo in cosa vi stiate cacciando", disse al gruppo nel corridoio. "Sapete tutti cosa cercare. Se c'è qualche azione aggressiva da parte dei nariani, fate fuoco a volontà. Ma ricordate, stiamo cercando di produrre una completa sorpresa. Occupatevi immediatamente delle loro comunicazioni. Predisponete gli esplosivi in modo da avere abbastanza tempo per uscire. Sappiamo già che questa porta", indicò la classe di Fritz, "deve essere chiusa prima che le esplosioni inizino. Prendete i loro computer o fateli saltare in aria. Avete tutti l'attrezzatura protettiva contro le radiazioni di cui avete bisogno. Quando tornerete, toglietevi gli abiti e metteteli nella borsa della vostra squadra. Domande?" Ancora una volta, le teste si scossero senza un suono. "Allora tutto ciò che posso dirvi è buona caccia e tornate sani e salvi."

Il maggiore Barclay, ora in pieno assetto tattico e schierata con il quarto gruppo, disse: "Trenta secondi."

In quel momento, squillò un telefono. Linda infilò la mano nella tasca della giacca. Lo passò a Fritz.

"Salve, Signor Presidente", disse Fritz. "Stiamo per iniziare. Aspetti. Devo impostare il portale." Passò il telefono ad Ashley. Lois e Linda avevano iniziato a contare i soldati.

Fritz controllò i preparativi di Tony. Tony disse: "L'energia è giusta, gli aerei sono già in movimento. Prova la maniglia." Fritz la toccò e ricevette la scarica necessaria. Annuì a Tony e poi al maggiore.

"Gruppo uno, pronti. Togliete le sicure", disse lei. Annuì a Fritz. Appena furono entrati, lui chiuse la porta e cambiò le mappe. Tornò nel corridoio, afferrò la maniglia, aprì la porta e il secondo gruppo la attraversò. Mentre le squadre entravano, Ashley forniva al presidente una cronaca in tempo reale.

"Sono tutti dentro, Signor Presidente. Le passo Fritz."

"Salve, Signor Presidente. Finora tutto bene."

"Fritz, grazie. Devo lasciarvi, ora, ma richiamerò fra poco. Devo aggiornarmi su delle informazioni riservate. Da queste parti c'è un po' di gente che segue questa storia."

Eseguendo una richiesta del colonnello, Ashley fece portare in corridoio due barelle dalla squadra medica e fece avvicinare un'ambulanza alla porta principale della scuola. Fece indossare a tutti le tute per le radiazioni.

"Non starai esagerando, Ashley?"

Lois disse: "George, è il suo lavoro. Hai visto le foto di Hiroshima. Smettila di agitarti e mettiti una tuta. Se tutto va bene, non ne avrai bisogno. Comunque, l'ha ordinato il colonnello."

Il tempo passò in un clima di attesa, nell'incertezza di come stessero andando le cose. Anche se sembrava che fosse passata un'eternità, l'ultimo gruppo era stato dentro solo per otto minuti. Linda guardò i sette cronometri sul pavimento. In fondo al corridoio, Fritz era col colonnello Mitchell e il capitano Burnett. Tony era seduto sul pavimento e monitorava il basso ronzio dei generatori, leggendone i quadranti. All'improvviso, la porta di Fritz si aprì. Ashley si avvicinò alla porta per dirigere il traffico. Il capitano dei Marine tenne la porta, con la pistola in pugno. Dodici uomini bendati in camici bianchi uscirono per primi. Il capitano Burnett disse ad Ashley di andare a chiamare le guardie nella sala delle riserve. Sei soldati portarono i prigionieri verso l'uscita.

"Portateli su un autobus e fate la guardia", disse Ashley. Poi guardò il capitano Burnett e disse: "Va bene, no?"

"Per ora, va bene."

I primi soldati uscirono, mentre Linda e Lois li contavano. Subito dopo arrivarono alcuni soldati che trasportavano dei computer e spingevano un server. Ashley disse loro di lasciare le apparecchiature elettroniche nel corridoio, vicino all'uscita. Il capitano teneva gli occhi sull'orologio. Prevedeva una detonazione imminente. Ashley mandò i soldati in fondo al corridoio per tenere libero il passaggio.

"Grazie, signor Gilbert", disse il colonnello.

"Felice di aiutare come posso", rispose Ashley.

Quando tutta la squadra fu di ritorno, Fritz chiuse la porta. Delle gocce di sudore rigavano il viso del capitano dei Marine. Superando il colonnello Mitchell, disse: "Ce l'abbiamo fatta per un pelo. Mancavano 15 secondi."

"Non c'è abbastanza tempo", disse il capitano Burnett. "Possiamo dirgli di impostare tempi più lunghi?" Ashley fece un cenno a Fritz. Quando Fritz ascoltò la storia, piegò le dita, stringendo e aprendo un pugno. Non aveva considerato la necessità di chiamarli. Aveva pensato solo di alla possibilità di ricevere delle chiamate.

"Conosciamo i numeri di telefono dei gruppi?" chiese Fritz. Né il colonnello, né il capitano Burnett avevano una risposta. "Dobbiamo entrare e dirglielo."

"Signor Russell, il Maggiore ha menzionato i telefoni, prima, ma non ho una lista", disse Burnett.

"Non sappiamo dove possono essersi spostate le squadre, lì dentro. Potrebbero essersi sparpagliate", disse il colonnello.

Fritz disse: "Qualunque cosa accada lì, potrà arrivare fin qui dal portale aperto, come i proiettili di ieri sera. Se qualcun altro arriverà in ritardo, i successivi potrebbero non uscire affatto. Possiamo chiamare il maggiore?"

Il colonnello si tirò il colletto della camicia e si schiarì la gola. "Non ho neanche il suo numero", disse. "Ci siamo concentrati sul portare tutto qui."

Fritz corse in fondo al corridoio, da Linda e Lois. Ashley si avvicinò. Fritz disse: "Lin, Lois, guardate ciò che vi ha dato il maggiore e vedete se riuscite a trovare dei numeri di telefono, in modo da poterla chiamare. Devono impostare i timer per dei tempi più lunghi."

Quando tornò il secondo gruppo, Ashley ricominciò a dirigerli. Anche loro avevano dei computer e più di venti prigionieri. Il capitano Burnett si precipitò ad aiutare Ashley. Il colonnello chiese al leader della squadra quanto tempo avessero. "Manca poco, Signore. Abbiamo circa trenta secondi prima che esplodano le prime cariche." Mentre il tempo passava, altri computer cominciarono ad arrivare dal portale.

"Sbrigatevi", disse Ashley in direzione della porta. Linda e Lois stavano contando.

"Sono tutti", disse Lois. Fritz chiuse la porta a meno di cinque secondi dal tempo limite.

"Questo era troppo vicino", disse Ashley, facendo spostare soldati al fondo del corridoio.

Il telefono squillò nella tasca di Fritz. "Salve, Signor Presidente. Due gruppi sono tornati."

"Bene. Dai satelliti, abbiamo visto esplodere uno dei siti. Come state?"

"Siamo preoccupati. Devono concedersi più tempo per uscire. Il secondo gruppo …"

Il presidente lo interruppe: "Abbiamo appena rilevato una seconda esplosione, molto più grande."

"Signor Presidente, queste destinazioni sono abbastanza vicine da far sentire le esplosioni negli altri punti?"

"Lo sono. Cosa stavi dicendo?"

"Non sappiamo come contattarli da qui. Avevamo previsto che solo loro potessero chiamare noi."

"Non ci avevo pensato", disse il presidente.

"Nessuno l'ha fatto. Il Capitano Burnett ha detto che il Maggiore ha menzionato i telefoni, ma non abbiamo dei numeri da chiamare. L'unico modo di avvisarli è provare ad entrare. Ma non conosciamo la loro posizione o l'ordine in cui verranno fuori."

"Fritz, fammi parlare col Colonnello Mitchell." Fritz gli passò il telefono.

"È il presidente", disse Fritz.

"Sì, Signore?" Il colonnello ascoltò, disse: "Sì, Signore" e restituì il telefono.

"Sono di nuovo io, Signor Presidente."

"Fritz, non voglio perdere nessuno, ma dobbiamo trovare il Maggiore Barclay."

"Signor Presidente, lei ha chiamato sul mio telefono. Non su quello di Linda. Il maggiore mi chiamerà su questo." Cadde la linea, poi squillò un telefono in fondo al corridoio. Linda rispose, mentre Fritz arrivava verso di lei. Linda gli passò il telefono.

"Signor Presidente", cominciò Fritz, ma il presidente lo interruppe.

"Il Maggiore aveva una valigetta o una borsa? Potreste guardare lì dentro se la aveva."

"Controlleremo. Aspettate." Fritz disse a Linda: "Sai se il Maggiore aveva una valigetta?"

Linda disse: "La sua borsa è proprio qui" e fece cenno dietro di sé. "Di cosa hai bisogno?"

"Verifica se ha fatto una lista di numeri di telefono o se il suo numero è da qualche parte", disse Fritz. "Stiamo cercando, Signor Presidente."

Ashley chiese: "Pensi che abbia con sé il suo telefono? Ho il suo numero sul mio."

Le donne scaricarono il contenuto della borsa del maggiore e iniziarono a passarlo in rassegna, quando ricomparve la sesta squadra. Si diedero da fare per contare gli uomini di ritorno. "Colonnello", disse il capitano che li guidava, "quel posto era vuoto. Abbiamo guardato ovunque. I loro computer erano tutti mainframe. Abbiamo usato tutti i nostri esplosivi per fare più danni possibili, ma potremmo mettercene di più." Il colonnello chiese ad Ashley di trasmettere quel messaggio agli uomini nella stanza dove erano impilati gli esplosivi e, in pochi secondi, una fila di soldati del gruppo delle riserve li portò alla porta. Gli esplosivi vennero trasportati attraverso il portale che Fritz aveva tenuto aperto.

Il capitano disse: "Portateli dentro. Azione diretta." Il gruppo sei e le riserve aggiunte attraversarono il portale aperto.

"Lin", chiamò Fritz. "Aggiungi sette uomini al conteggio del gruppo sei. Sono tornati dentro."

"Posso fare qualcosa?" chiese George.

Lois indicò in fondo al corridoio e disse: "George, perché non controlli se i ragazzi in fondo al corridoio hanno bisogno di qualcosa?" Quando George superò la classe di Fritz, la porta si riaprì. Gli uomini corsero fuori, piegati, stavano evidentemente schivando qualcosa. Il primo soldato si lanciò contro George, lo stese e lo tolse di mezzo. Si sentirono degli spari. I proiettili e i pezzi di gesso del muro che schizzavano via dai rattoppi della notte precedente, crearono una gran confusione polverosa sul pavimento. La polvere di gesso si espanse nel corridoio come un tiro di sigaretta. George si strofinò la testa dove aveva colpito il pavimento e gemette: "Non di nuovo."

Ashley urlò: "State tutti indietro", mentre il portale era affollato da soldati che trasportavano dei computer. "Abbiamo bisogno di aiuto", gridò. Gli uomini dei primi due gruppi corsero dal fondo del corridoio. "State giù", ripeté Ashley, mentre la porta veniva liberata. Una folla di soldati uscì dalla sala delle riserve, dall'altro lato del corridoio, e dalla porta successiva. Quando i proiettili colpirono il muro, indietreggiarono verso la classe da cui si erano affacciati, mentre degli altri uscivano dalla sala delle riserve con fucili e caschi. Il tenente che stava tenendo quella porta era stato colpito, ma tenne duro fino a quando il traffico si interruppe. Ashley chiamò i medici e afferrò la porta, mentre gli altri soldati trascinavano il tenente lontano dal pericolo. L'accesso alla stanza attrezzata come ospedale, oltre il portale, avrebbe dovuto aspettare.

Il casco di un soldato si affacciò sul pavimento del portale. Strisciando fuori, disse: "Siamo bloccati. Abbiamo piazzato i timer e preso tutto ciò che potevamo, ma poi è arrivata una pattuglia. Non ci rimane molto tempo."

Ashley entrò nel portale. Tornò indietro immediatamente, guidando gli ultimi membri della squadra a quattro zampe. "Chiudi la porta. Ho detto loro di uscire. Abbiamo lasciato tutto accanto al portale. C'è stata un'esplosione quando sono entrato."

Linda chiamò dal corridoio per dire che il presidente le aveva riferito di aver visto un'altra esplosione. "Lì tutto bene?" chiese. Fritz mostrò un pollice in su, non poteva fare altro finché la folla era ancora ammassata vicino alla porta. Ashley si allontanò dalla porta e si alzò.

Linda chiese: "Sono tutti fuori? Non ho tenuto il conto." Il leader della squadra controllò e le comunicò che erano tornati tutti. Lei annuì e continuò a perquisire la borsa del maggiore. I computer erano stati lasciati accanto all'uscita del portale. Il colonnello chiese aiuto per portarli al camion. In un batter d'occhio, l'area tornò in stato di attesa. La maggior parte della squadra delle riserve era tornata alla sua classe. Un gruppo si riposava, seduto sul pavimento in fondo al corridoio. George era tornato da un altro turno ai bagni. La squadra medica curò il tenente ferito, mentre Linda e Lois continuavano a cercare i numeri di telefono. Quattro squadre erano ancora all'interno del portale.

"Colonnello, sa come chiamare il maggiore? Non sappiamo se ha con sé il suo telefono", disse Fritz. "Sapete dov'è? Dovremmo provare a chiamarla?"

"Avevamo pensato di impostare i detonatori su dei tempi più lunghi, signor Russell. Non ci aspettavamo di avere così poco margine, altrimenti avremmo potuto provare a chiamare prima. Da quanto tempo è dentro?"

"Lin, da quanto tempo è entrato il gruppo quattro?"

Linda guardò gli orologi. "Trentasette minuti e ventisei secondi", disse.

"Non possiamo chiamarla ora. Dovrebbe essere di ritorno fra mezz'ora circa. Signor Russell, il suo gruppo è in un altro posto. Non sono sottoterra, quindi tirarli fuori potrebbe essere più difficile. Ci sono maggiori possibilità che vengano visti, ma siamo pronti."

"Sta cercando il presidente?" chiese Fritz.

"No. Non lo vogliamo. Non dovrebbero avere dei prigionieri. Spero solo che non li becchino. Potrebbe non essere sicuro se un telefono si mettesse a squillare dov'è lei."

"Sì, Signore."

In fondo al corridoio, il portale sputò fuori il gruppo numero sei in fuga. Ashley li guidò e Linda si alzò per contarli. Erano entrati in ventuno, più i sette aggiuntivi. Il suo conteggio era arrivato a 23, quando un colpo di fucile echeggiò nel corridoio. I proiettili iniziarono a colpire il muro, su cui ormai c'era un buco di quasi un metro, profondo almeno quindici centimetri. Si abbassarono tutti, Linda terminò il conteggio e la porta venne chiusa.

Ora che erano tornati quattro gruppi, Fritz chiese a Tony come se la stessero cavando i generatori.

"Finora, il livello di energia è stabile", disse Tony. "Sembra che ci sia un piccolo calo ad ogni esplosione, ma si ristabilisce subito dopo." In quel momento, la porta si riaprì. Ashley entrò in azione. Chiese quanto tempo avessero. Il leader della squadra, un maggiore dell'esercito, guardò l'orologio. Si diedero da fare per spostare mezza dozzina di prigionieri sugli autobus, mentre venivano portati fuori i computer e gli schedari. La relativa quiete venne rotta dal suono di un clacson che uscì dal portale e rimbalzò per il corridoio. Quando la porta si chiuse, i rumori si interruppero e il maggiore a capo della squadra sette disse: "Tre, due, uno, BOOM!" Linda era di nuovo al telefono col presidente, che le disse di averlo visto dall'alto.

Due gruppi non erano ancora tornati. Il colonnello Mitchell aveva inviato il primo autobus di prigionieri all'aeroporto, assieme alle loro guardie. I computer erano stati caricati sul camion, che restava in attesa di eventuali aggiunte.

Fritz andò da Linda e la abbracciò. Le sussurrò all'orecchio: "Ti amo. Stai bene?"

"Sto bene. "E tu?"

"Anch'io sto bene. Mi chiedo come ci sentiremo quando passerà la scarica di adrenalina", disse.

"Non m'interessa", disse Linda. "Voglio solo che questa storia finisca."

"Non ne abbiamo per molto, credo. Ma ora i nariani saranno in allerta. Quest'ultima parte potrebbe essere rischiosa."

Il portale si aprì. Ne rotolarono fuori due soldati che lottavano, uno dei quali era un nariano e aveva un coltello. Quattro pop attutiti vennero esplosi nel corridoio e il nariano venne sollevato di lato, mentre il suo sangue schizzava sui muri, sugli armadietti e sul pavimento. La squadra delle riserve, che si trovava nel corridoio ed era armata, non aveva esitato a sparare. Pur essendo lì vicino, Ashley evitò gli schizzi di sangue, ma ne prese una spruzzata quando allontanò il cadavere del nariano dalla porta per liberare il passaggio alla squadra che usciva.

"Quanto tempo abbiamo?" urlò Ashley. Un soldato arrivò in quel momento e gli disse che avevano meno di 30 secondi. Subito dopo, strisciarono fuori una scatola e un soldato. Ashley tirò la scatola per levarla di mezzo, poi trascinò via il soldato.

"Colonnello, devono uscire!" urlò Ashley.

Il colonnello guardò il capitano Burnett, che fece cenno alla squadra delle riserve di intervenire.

"Fate un fuoco di copertura e portateli fuori", disse Burnett al suo gruppo. "Sparate in alto, i nostri sono vicini. Poi venite via. Abbiamo venti secondi. Andate, andate, andate."

Ashley contò i secondi che passavano sul suo orologio. Non usciva nessuno. Si inginocchiò e si infilò dentro, poi lui e tutti gli altri corsero fuori. Fritz corse alla porta e la spinse per chiuderla, ma le esplosioni iniziarono prima che la porta si bloccasse. Sentì la vibrazione sulla porta. Linda gridò: "Sono tornati tutti." Poi vide la faccia di Ashley, ricoperta di macchioline insanguinate. Si portò le mani alla bocca. Ashley la guardò, poi si guardò la camicia e i pantaloni e disse: "Non è mio, è suo", indicando il nariano morto nel corridoio.

George era tornato da Lois, strofinandosi la testa, e si guardava intorno nel corridoio. Indicò la polvere di gesso. Poi vide il sangue e il corpo. "Oh mio Dio", disse. "Non possiamo permetterlo. Questa è una scuola."

Mentre gli altri facevano finta di niente, Lois prese il marito per mano e disse: "George, vieni con me. Si sistemerà tutto." Si scosse quando lei gli toccò il bernoccolo sulla testa e lei lo accompagnò all'ospedale, che al momento non era in uso. Due medici con una barella stavano portando il cadavere del nariano ad un camion in attesa.

Fritz e Ashley restarono vicini a Linda. Mentre aspettavano il ritorno del gruppo del maggiore, Linda parlò col presidente. Poi mise giù il telefono. "Sta facendo qualcosa. Ha detto che richiamerà più tardi."

Fritz disse: "Va bene. Una cosa in meno di cui preoccuparsi. Ash, qualcuno ti ha mai detto che il rosso ti dona?"

"Fritz!" esclamò Linda.

Fritz e Ashley si sorrisero a vicenda. Linda scosse la testa. Lois smise di riporre al suo posto il contenuto della borsa del maggiore e disse: "Sai, avevo ragione. Sono *entrambi* un problema."

Guardando nuovamente il suo orologio, Fritz disse: "Non può volerci ancora molto. Mi chiedo cosa stia facendo." Chiamò il colonnello Mitchell e lui li raggiunse. Fritz disse: "Il presidente ha detto che lei sa cosa sta facendo il maggiore. Dovremo fare qualcosa di diverso quando tornerà?"

"Diverso?" chiese il colonnello. "No. A meno che prima non teneste le dita incrociate."

Per l'ultima volta, la porta si aprì. Fritz corse a tenere la porta. Ashley si spostò dove potesse vedere. Le esplosioni in lontananza fecero vibrare la porta mentre i soldati la oltrepassavano. Alcune uniformi erano sporche di sangue.

Ashley li diresse, Linda li contò, Fritz li guardò. Alla fine, il maggiore, l'ultima arrivata, entrò in corridoio e cadde fra le braccia di Ashley. Lui la guardò dall'alto e la abbracciò, sentì un calore umido e la guardò dietro le spalle. "Medico!" urlò. La sua squadra la portò a una barella lì vicino, mentre un dottore e un'infermiera arrivavano in corridoio. La deposero a faccia in giù, le tagliarono la camicia per mettere a nudo una ferita di una quindicina di centimetri da cui sgorgava del sangue, poi la portarono all'ospedale. Ash si fissò le mani color ciliegia, tenendole di fronte a sé coi palmi rivolti verso l'alto, sperando in quella fortuna che raramente gli era stata concessa. *Per favore, non di nuovo.*

La missione era terminata e Fritz chiuse la porta.

Fritz rispose al telefono e disse: "È finita, Signor Presidente. Il maggiore è ferito. Dovremmo iniziare a far uscire tutti?"

"No. Voglio sentire come reagiscono i nariani. Una delle esplosioni ha distrutto molte delle loro reti di comunicazione. Forse dovremo aspettare una dichiarazione pubblica. Ancora una volta, Fritz, grazie mille. Ne riparleremo in seguito. Fammi parlare con il colonnello, per favore."

Il colonnello prese il telefono. "Sì, Signore. Grazie, Signor Presidente." Passò il telefono all'altro orecchio. "Riferirò il messaggio. Non so quanto sia grave. Sì, Signore, aspetteremo finché non avremo sue notizie. Grazie, Signore." Restituì il telefono. "Aspetteremo che richiami." Il capitano Burnett li raggiunse e gli ufficiali strinsero la mano ai civili. "Ragazzi, ci avete reso davvero più semplice fare ciò per cui siamo venuti", disse il colonnello Mitchell.

"Ottimo lavoro", disse il capitano Burnett. "Signora, spero che suo marito si riprenda."

Grazie, Capitano", disse Lois. "Penso che questo fosse un po' più di quanto si aspettasse. Vi assicurerete di pulire tutto per lui?"

"Sì, signora. Le squadre di pulizia e riparazione sono già qui fuori."

"Pensate di poter eliminare anche l'odore? La polvere da sparo sarebbe difficile da spiegare."

"Domattina sarà come se non fossimo mai stati qui", disse il colonnello.

Per la prima volta da quando era arrivato, Fritz ebbe un breve momento per fermarsi a pensare. Era abituato alle attività nel corridoio. Ma questo era diverso. Vide il sollievo dei soldati, alcuni stavano impacchettando le tute per le radiazioni, altri controllavano le loro attrezzature. Alcuni erano seduti sul pavimento ad aspettare. In fondo al corridoio, i soldati si abbracciavano e si davano il cinque. La quiete dell'attesa e il rumore dell'azione erano spariti. Il corridoio risuonava di chiacchiere rumorose. Avevano finito, la missione era stata un successo. Poi Fritz si illuminò. Erano tutti così giovani.

CAPITOLO UNDICI

MENTRE IL COLONNELLO preparava i suoi uomini alla partenza, Lois e Ashley andarono alla stanza ospedale e Fritz e Linda uscirono. "Fritz, sono in piedi da un'ora. Devo sedermi. Andiamo alla macchina." Fritz aveva parcheggiato davanti alla scuola per non ostacolare il traffico. La prese per mano e attraversarono il parcheggio. Alcune stelle erano visibili in quella notte prevalentemente nuvolosa. Aprì la portiera e lei sedette di lato sul sedile del passeggero, coi piedi che quasi toccavano terra.

"Va meglio?" chiese Fritz.

"Sì. Ora sì." Attese che lei esprimesse le sue preoccupazioni, ma vennero interrotti dall'arrivo di Tom Andrews e James Williams.

James disse: "Stai bene, Linda?"

Lei rispose: "Stavolta hai fatto tutto per bene."

"Mi sono allenato", ribatté lui, sorridendo.

"Mi sento come un lavandino pieno dopo che hanno tirato via il tappo", disse Fritz. "Come se tutta l'energia mi stesse scivolando via dalle dita dei piedi. È questo che fate voialtri?"

Tom disse: "È normale. Presto starai meglio. Prendi questo", e diede a Fritz una barretta di cioccolato. "Aiuta davvero."

"Sei il Professor Lupin travestito?"

Linda vide che Tom non capiva. "È una scena di Harry Potter, Tom."

"Scusate, non l'ho letto. Ma dovresti mangiarne un po', Linda." Prese il cioccolato a Fritz, lo aprì e ne prese un pezzo.

"Cosa succederà adesso?" chiese Fritz, guardando il parcheggio affollato ma tranquillo. Mentre Tom cominciava a spiegare, un'auto della polizia che era dall'altra parte del parcheggio si avvicinò.

"Organizzeremo tutto all'interno, così che quando partiranno sia come un'ondata. Caricheranno e se ne andranno man mano che gli autobus si riempiranno. Stiamo solo aspettando l'ordine."

"Porteranno il maggiore all'ospedale? chiese Linda.

"No, la porteremo con noi. Non è ferita gravemente, ma ha perso molto sangue. I dottori la sistemeranno qui. La porteranno all'ospedale dell'aeroporto."

L'auto della polizia accostò. "Va tutto bene?" chiese Jim Shaw, affacciandosi dall'auto. "Posso fare qualcosa?"

"È tutto sotto controllo. Grazie per il suo aiuto", disse Tom, passandosi la mano sui capelli a spazzola. "Ce ne andremo presto." James si avvicinò a Jim ed ebbero una conversazione tranquilla.

"Lin, devo tornare dentro a prendere la nostra roba. Vuoi restare qui?"

"Vengo con te. Il cioccolato mi ha aiutata molto. Tom, sei sicuro che non sia una nuova droga?"

"No signora, ma è d'importazione." Probabilmente era la prima volta che lo vedevano felice.

All'interno, stavano venendo formate le squadre per la partenza. I restanti mucchi di attrezzature erano abbastanza ordinati. Gli autobus e i camion erano in fila, pronti per essere caricati. Il colonnello Mitchell era in mezzo al corridoio col capitano Burnett, che teneva in mano un portablocco e aveva una matita dietro l'orecchio. Fritz si fermò a parlare col colonnello mentre Linda andò nella stanza ospedale.

"Signor Russell, tutti i ragazzi hanno detto di essersi stupiti di quanto fossero precisi i punti di arrivo", disse il colonnello. "Prima o poi, se non le spiace, mi piacerebbe parlare con lei di come funziona."

"Certo, Colonnello. Ha sorpreso anche me, quando è successo la prima volta. Ho ancora delle domande importanti su come funziona. E ne sono nate di nuove, dopo gli ultimi giorni. Abbiamo imparato molto."

"Qui abbiamo quasi finito, credo. Stiamo in attesa del presidente. Credo che vogliano scoprire le reazioni e magari cercare di contattare delle persone sul campo, in caso dovessimo rientrare. Ma se le cose sono andate come immagino, la maggior parte dei loro sistemi di comunicazione satellitare non esistono più ."

"Il gruppo sei? Quindi loro non cercavano le atomiche?" chiese Fritz. Il colonnello annuì, ma disse di non sapere quanto avrebbe potuto rivelargli. "Scusi, signor Russell. Sono sicuro che glielo dirà il presidente quando avrà ricevuto tutti i rapporti."

Tony Almeida aveva messo assieme la sua roba e passò vicino a loro. Fritz gli strinse la mano. "Nessun problema?"

"No. La mia piccola cuffia per la maniglia ha funzionato. Ha mantenuto la corrente costante. Naturalmente, avevo anche un po' di energia in più", disse, indicando i cinque generatori.

Fritz chiese: "Tony, ho in mente un progetto per una delle mie classi. Pensi di poter venire a parlare con loro? Te lo spiegherò meglio in seguito."

"Se il capo accetterà, ne sarò felice."

"Grazie. Forse potremmo parlare di tutta questa storia dell'energia. È piuttosto interessante." Tony era d'accordo e stava per dire di più, ma vennero distratti da un telefono che iniziò a suonare il motivetto *Anchors Aweigh*. Il capitano Burnett prese il telefono dalla tasca. "Sì, Signore?" Il capitano ascoltò, disse, "Sì, Signore", e passò il telefono al colonnello Mitchell.

"Signor Presidente, siamo pronti a partire appena darà l'ordine. Sì, Signore. Allora carichiamo. Qui davanti a me, Signore." Passò il telefono a Fritz: "Le vuole parlare."

"Sì, Signor Presidente?" disse Fritz.

"Fritz, è troppo presto per saperlo con certezza, ma sono ottimista. Avremo più informazioni entro domattina, ma sembra che abbiamo disattivato completamente il loro programma. Ce ne andremo e vi lasceremo tornare a casa. Ci sentiamo dopo, se ce la faccio. Devo parlare con gli israeliani. Devono affrontare una possibile rappresaglia. Grazie ancora."

Fritz restituì il telefono al capitano Burnett. "Sembra che abbiate rovinato i loro programmi. Sembra molto felice."

"Abbiamo finito, signor Russell. Grazie ancora", disse il colonnello Mitchell.

Quando iniziarono ad uscire, Fritz vide una macchina ben oliata in movimento. I soldati si allinearono con i bagagli e le attrezzature, uscirono dal corridoio e salirono sugli autobus. Entrò nell'ospedale. George si rilassava su una sedia, mangiando della cioccolata.

"Come stai, George?" chiese Fritz.

"Sto bene. Mi girava un po' la testa quando il soldato mi ha steso. Ho battuto la testa, quindi non può essere niente di grave."

Fritz trovò ironico che George scoprisse il senso dell'umorismo nel caos che li circondava. Invece di farglielo notare, gli parlò delle attività in corso. "Stanno iniziando ad andarsene. Hanno una squadra di pulizia e riparazione in attesa di entrare. La scuola domattina sarà normale." Guardò Ashley. "Come sta il maggiore?"

Ashley disse: "Sta bene. Si sta vestendo." Fece cenno verso una tenda in fondo alla stanza. "Il tipo l'ha squarciata. Ora però non darà più fastidio a nessuno."

"Sai dov'è andata?"

"Non proprio. Hanno fatto saltare in aria un edificio governativo. Penso che stessero cercando il presidente dei nariani."

"Non era quello", rispose Fritz. "Me l'ha detto il colonnello Mitchell. Il presidente ha detto che chiamerà presto."

Il maggiore Barclay uscì da dietro la tenda, indossando una camicetta chirurgica, e li raggiunse. Intorno a lei, la squadra medica cominciò a smontare le apparecchiature. Il tenente ferito, l'unico paziente rimasto, ringraziò l'infermiera che lo aveva aiutato a mettersi la camicia. Il maggiore lo guardò e chiese: "Stai bene?"

"Sì, signora, un po' dolorante, ma starò bene", disse. "È solo un graffio." Gli avevano rimosso un frammento di proiettile dalla spalla.

"Felice di sentirlo." Lei si rivolse nuovamente ai civili. "Grazie a tutti per il vostro aiuto."

"Stavamo cercando il tuo numero di telefono", disse Ashley. "Eravamo veramente troppo stretti con i tempi."

"Era intenzionale. In base alle nostre informazioni i tecnici avrebbero potuto avvertire gli altri siti al momento del nostro arrivo e probabilmente avrebbero fatto intervenire l'esercito. Abbiamo dato istruzioni a tutti di uscire in fretta. Non volevamo perdere tempo in scontri a fuoco, se potevamo evitarlo."

Ashley disse: "È uscito un gruppo, come il tuo, quando erano già iniziate le esplosioni."

"Non volevamo che avessero il tempo di disinnescare le cariche." Si guardò intorno. "Stanno tutti bene?"

"Sì, tranne George, il tenente, e il nariano che ha attraversato il portale. E tu?"

"Ashley è entrato per tirar fuori i tuoi ragazzi prima delle esplosioni", aggiunse Linda.

"Davvero?" Lo guardò con curiosità, come se lo vedesse per la prima volta.

Il colonnello Mitchell entrò mentre la squadra medica svuotava la stanza. "Maggiore, qui abbiamo finito. Gli autobus se ne stanno andando e le squadre di pulizia stanno arrivando. Siete pronti ad andarvene?"

"Quasi. Devo prendere le mappe."

Fritz disse: "Tony le ha messe nella tua borsa quando ha scollegato i generatori."

"Colonnello, arrivo subito." Mentre il colonnello usciva, lei passò il braccio sinistro attorno al collo di Ashley e lo baciò. "Ci sentiamo presto", sussurrò. "Grazie ancora a tutti."

Ashley, stupito, rimase a bocca aperta. Lois gli accarezzò la guancia. "Tutto è bene quel che finisce bene. È Shakespeare, Ashley. Andiamo!"

La squadra di pulizia li incrociò mentre si dirigevano all'uscita. George si fermò e disse: "Non dimenticare di pulire i bagni dietro l'angolo", indicando a sinistra in fondo al corridoio. "Domattina arriveranno i ragazzi." Tutti risero. George era tornato.

Il parcheggio si era svuotato, ad eccezione delle loro auto. Fritz guardò l'orologio. Erano appena passate le dieci. Disse: "Beh, questa è stata una prima settimana di scuola divertente e domani saremo di nuovo al lavoro."

CAPITOLO DODICI

ANCORA UNA VOLTA, l'irritante odore di vernice fresca colpì le narici di Fritz come i proiettili avevano colpito il muro. George e Ashley stavano parlando accanto alla sua porta. Ashley gli chiese se avesse visto la notizia. Lui disse di aver dormito troppo e non aver acceso la TV o visto un giornale. Ma aveva qualche idea di cosa fosse successo perché mezz'ora dopo essere tornato a casa il presidente aveva chiamato per ringraziarli del loro aiuto e gli aveva detto che Israele era stato attaccato dopo le prime esplosioni a Naria.

Gli attacchi arrivavano da Eledoria. I danni erano stati limitati grazie ai sistemi difensivi e gli israeliani avevano fatto decollare gli aerei e mobilitato immediatamente le forze di terra, per prepararsi all'eventualità di ulteriori azioni. Sebbene la tensione e i danni che avevano subito la notte precedente stessero svanendo e fossero ben poco impressionati dalle notizie, tutti e tre sapevano che le loro vite erano cambiate. "Sembra che abbiamo dato inizio a una guerra", disse George. Sventolò la mano in direzione del muro. "In ogni caso hanno fatto un buon lavoro, ripulendo e aggiustando tutto."

"George, il presidente non mi ha ancora detto niente, ma penso che dovremmo aspettarci di usare ancora il portale, molto presto. Non è finita qui."

"Abbiamo beccato tutte le atomiche?" chiese Ashley.

"Non l'ha detto. Era un po' impegnato. Credo che il coinvolgimento di Eledoria lo abbia turbato. Doveva fare delle telefonate, quindi ha terminato la chiamata."

George disse: "Beh, almeno noi siamo tornati alla normalità."

"Qui non c'è nessuna normalità, George", disse Ashley. "Se Fritz ha ragione, ciò che è successo la notte scorsa potrebbe diventare la nostra routine da un momento all'altro."

"Beh, spero di no. Non sopporto l'odore di quella vernice."

"È un po' troppo forte. Mi chiedo se l'abbiano usata apposta per nascondere l'odore della polvere da sparo", disse Fritz. Guardando fuori dalla finestra, vide che gli studenti cominciavano ad arrivare. "Parliamone dopo."

Ancora attivo come la notte precedente, si aspettava la stessa vitalità dalle sue classi. Analizzò i suoi appunti per le prime quattro ore, giusto per concentrarsi. I suoi pensieri vennero interrotti dalle immagini del corridoio pieno di soldati. Durante gli annunci mattutini, George si scusò per l'odore di vernice e chiese a tutti gli insegnanti di aprire le finestre. Fritz si avvicinò alle finestre. *Probabilmente era una buona idea, ma avrebbe preferito che non ci avesse fatto mettere l'attenzione. Avrebbe solo fatto sorgere delle domande nei ragazzi.* Si aspettava una giornata difficile.

All'inizio della prima ora pensava di procedere col Medioevo. Quando la classe prese posto, A.J. chiese: "Signor Russell, pensa che ci sarà un'altra guerra?"

"Perché lo pensi, A.J.?"

"Beh, stamattina ho visto al telegiornale che a Naria ci sono state delle esplosioni e che Israele ha mandato delle truppe da qualche parte. Me lo stavo chiedendo."

"Ragazzi, parliamone un attimo. Non è ciò di cui vi avrei voluto parlare, ma vediamo se riusciamo a trovare un nesso. Ok?"

Brandy Levine alzò la mano e chiese: "Perché c'è sempre qualche guerra dalle parti di Israele?"

"Bella domanda. Qualcuno ha una risposta?" Nessuno alzò la mano. "Parliamone. Israele è diventato una nazione nel 1948, ma in realtà si tratta di una vecchia civiltà. Risale ai tempi biblici. Avete sentito tutti che lo chiamano Terra Santa. Qualcuno sa dirmi perché?"

Tom O'Brien disse: "Gli Ebrei, Cristo e Maometto vivevano lì. Quindi tutte le religioni vogliono possedere quella terra."

"E ai musulmani non piacciono gli ebrei e i cristiani", disse Roger Carpenter.

"Osserviamo la cosa analiticamente", disse Fritz, indicando la sua mappa del mondo. "Tanto per cominciare, Maometto non ha mai vissuto in Terra Santa. Ha vissuto nella penisola araba, in quella che ora è l'Arabia Saudita, nella città della Mecca. Secondo la tradizione islamica, una notte andò a Gerusalemme con l'angelo Gabriele e i musulmani credono che sia salito al cielo nel punto in cui ora si trova la Cupola della Roccia, a Gerusalemme." Indicò la mappa. "Per il popolo ebraico, Gerusalemme è il luogo del Primo e del Secondo Tempio, entrambi distrutti dagli invasori. Avete mai sentito parlare del Muro del Pianto? Sono i resti della parete occidentale del Secondo Tempio.

"Si dice che Gesù abbia trascorso del tempo a Gerusalemme e dintorni, oltre che in altre parti di Israele. Nacque a Betlemme, in quella parte della Palestina che si chiama Cisgiordania, ed era ebreo. È cresciuto a Nazareth. Il Sermone della Montagna ebbe luogo da qualche parte nella zona circostante il Mare di Galilea, poi venne crocifisso a Gerusalemme, su una collina chiamata Golgota. Quindi, per queste tre grandi religioni, Gerusalemme è molto importante. E si trova nell'attuale Israele. Roger, sia Mosè che Gesù sono considerati degli importanti profeti nell'Islam. Come la maggior parte delle religioni, l'Islam include una serie di pensatori che portano avanti varie credenze e interpretazioni. Alcuni, ma certamente non tutti, sono inclini ad essere guerrafondai."

Mary Anne chiese: "Sono quelli che oggi combattono contro gli israeliani?"

"Bella domanda, Mary Anne. Penso che dobbiamo considerare la differenza tra la politica di oggi e quella dei tempi biblici. La lotta di oggi ha alcune radici nella Bibbia e nel Corano. Ma penso che si tratti anche di economia, politica e potere. Sapete dirmi quando tutto questo ha avuto inizio?" Fritz guardò la classe, che ancora non aveva risposte. "Andiamo, ragazzi. Nessuno? No. Alan Goodman, fai un tentativo." Alan non si era mai offerto volontario, ma aveva quasi sempre un commento che valeva la pena ascoltare.

"Credo che abbia avuto inizio quando Israele è diventato una nazione e ha dovuto combattere gli arabi."

"E prima di quello?"

"Beh, gli ebrei erano già lì da prima che Israele diventasse una nazione, no?"

"Sì, Alan. Corretto, ma stavo pensando a qualcos'altro. Nessuno?"

Jim Kane alzò la mano. "E le Crociate?"

"Cosa puoi dirmi delle Crociate, Jim?"

"Le abbiamo appena studiate, Signor Russell."

"Quindi?"

"Non ricordo gli anni, ma ci sono state delle guerre tra i cristiani e i musulmani che si trovavano a Gerusalemme, i musulmani hanno cacciato i cristiani e hanno assunto il controllo. Quindi i re europei sono andati a Gerusalemme e hanno combattuto per riprendersela."

"Buon inizio, Jim. Qualcun altro?"

Joan Dark disse: "Signor Russell, non era coinvolto anche un Papa, da qualche parte?"

"Ottimo, Joan. Vi farò studiare dell'altro su questo soggetto, ragazzi. Ci sono state nove Crociate. Alla fine dell'XI secolo, Papa Urbano, mi pare fosse il secondo, chiese ai nobili francesi di guidare gli eserciti per la riconquista della Terra Santa. Mentre avevano luogo le Crociate, l'Europa continuò a progredire, superando il Medioevo e avanzando verso il Rinascimento e la Riforma. Qualcuno ha un'idea su come le Crociate possano aver influito sui cambiamenti avvenuti in Europa?"

"Signor Russell", disse Dennis Rogers, "in base a ciò che ho letto e a ciò che ha detto, i crociati hanno avuto contatti con diversi paesi e diverse persone. Potrebbe significare che molte culture si sono mescolate e che il commercio ha portato nuovi prodotti in molti posti?"

"Le Crociate alimentarono numerosi progressi, non solo nella guerra, ma anche nell'istruzione, nell'arte e nella cultura. Gerusalemme rimase sotto il controllo musulmano. La importante capire, dal punto di vista di questo corso, è che se non ci fossero state le Crociate avremmo una diversa comprensione dell'attuale conflitto. Le Crociate gettarono le basi per i successivi novecento anni. Ragazzi, domani parleremo degli eventi attuali. Forse a quel punto ci sarà una maggiore chiarezza su ciò che sta succedendo."

Ashley andò da Fritz al cambio dell'ora. Fritz gli disse che era già stanco e che il resto della giornata probabilmente non avrebbe portato benefici.

"So cosa vuoi dire. Ho richiesto alla mia classe di scrivere degli articoli di giornale fittizi su ciò che è successo. Se solo sapessero la verità …" disse Ashley, roteando gli occhi.

"Non so cosa preferirei, fra un giornale e un pisolino", disse Fritz. "Mi chiedo cosa stia succedendo."

"Perché non chiami il presidente?"

"Probabilmente in questo momento sarà un po' impegnato."

"Non è mai troppo impegnato per te. Pensa a un motivo per chiamarlo. Ci penserò anch'io. Devo andare. Ci vediamo."

Avendo ancora qualche minuto prima dell'inizio della lezione successiva, si mise a riflettere sull'idea di Ashley. Aveva qualche motivo per chiamare il presidente? Quando iniziò la lezione, Eric Silver alzò la mano.

"Signor R, so che non abbiamo parlato del progetto, ma potrei spiegare a tutti cosa abbiamo elaborato e vedere se siamo tutti d'accordo sul portarlo avanti?"

Grazie, Eric. Mi hai appena dato un po' di tregua. Disse: "Ok, Eric. Spiegalo pure."

"Grazie, signor R." Eric quasi si catapultò dalla sedia. Rivolgendosi verso la classe, Eric studiò per un attimo i suoi compagni di classe. "Abbiamo deciso di rappresentare una famiglia, di generazione in generazione, fino ad arrivare al ventesimo secolo", iniziò. "Inizieremo come una famiglia di immigrati che arriva nel 1900, sbarcando ad Ellis Island. Ci stabiliremo a New York, troveremo un lavoro e cercheremo di farci un'idea del nuovo paese e della città. I veri noi dovranno cercare di comprendere quell'era. Col passare degli anni, potremo partecipare a tutti gli eventi, sia come spettatori che come partecipanti, per esempio le invenzioni, le guerre mondiali, la Grande Depressione, tutti i vari cambiamenti di cose come la musica e i balli."

"Balli?" chiese Johnny Clayton. "Vuoi farci imparare a ballare?"

"Certo, sarebbe divertente", disse Eric.

Fritz disse: "Lascialo finire, Johnny. In realtà mi piacerebbe vedervi ballare il Charleston." Johnny levò le mani al cielo.

"Siamo andati in biblioteca, signor R, per vedere se fosse possibile trovare delle foto dei vestiti. Alcuni abiti d'epoca potrebbero aumentare il realismo delle scene, come nel caso di Robert E. Lee in uniforme."

Fritz chiese: "Avete trovato dei posti in cui procurarvi quei costumi?"

"Non abbiamo ancora cercato, signor R, abbiamo pensato di aspettare per vedere cosa ne pensa. Elaine ha detto che probabilmente sua madre ha della roba in soffitta."

"Penso che tutti i vostri genitori abbiano delle cose in soffitta", disse Fritz.

"Beh, signor R, Possiamo farlo?" chiese Eric.

"Ragazzi, che ne pensate? Un progetto come questo è ambizioso e richiede tempo."

"Signor R", disse Paul Karl, "tre di noi hanno allenamento di football ogni giorno. Avremo delle partite fin dopo il Giorno del Ringraziamento. Anche le ragazze hanno calcio e hockey su prato per tutto quel tempo."

"È un no, Paul?" chiese Fritz.

"No, ma vorrei sapere quante scene ha in mente Eric. Fra gli sport, i compiti e le domande per il college, non avrò molto tempo libero." I mormorii di accordo aumentarono.

"Eric, hai idea di quanti ne vorreste fare? Paul ha ragione."

"Anch'io faccio parte della squadra di calcio, signor R, so cosa vuol dire Paul. Non lo abbiamo programmato, ma potremmo …", diede un'occhiata alla classe. "La prossima settimana. Dettagliatamente. Così potrà dire sì o no."

"Io dico già di sì", disse Fritz. "Anch'Io ho delle idee. Ma devi convincere la classe, Eric, non me. Penso che dovresti elaborare le scene, capire quanto tempo ti servirà per prepararle e che ruoli vuoi assegnare a ciascuno, così potremo riparlarne la prossima settimana. Va bene?"

"Mi sembra giusto, signor R", disse Eric. "Vi va di incontrarci per qualche minuto dopo la scuola, oggi?" Alcuni risposero con dei brontolii sul tempo. "Solo per cinque minuti. Per vedere cosa vogliamo fare. Signor R, possiamo venire qui?"

"Certo. Tornate dopo l'ottava ora. Sarò qui per qualche minuto. Ora torniamo alla lezione." Per il resto dell'ora, parlarono dell'economia all'inizio del ventesimo secolo, concentrandosi su Theodore Roosevelt e sui monopoli del petrolio e dell'acciaio. Quando terminarono, Fritz si sedette. In meno di sei mesi, la sua mentalità era cambiata. Voleva essere un insegnante migliore, non arrendersi. Il portale aveva ripristinato il divertimento dell'insegnamento. Meglio ancora, i ragazzi collaboravano. *Potremmo divertirci parecchio.* Guardò il cielo e sperò in un altro po' di brutto tempo. *Devo portare questi ragazzi da qualche parte.*

Prima che suonasse la campanella dell'ora successiva, Ashley passò a trovarlo.

"L'hai chiamato?"

"No. Non ho motivo di chiamarlo."

"Inventane uno."

"Perché dovrei volergli parlare?"

"Vogliamo capire cosa sta succedendo", disse Ashley.

"Ashley, ti voglio bene come un fratello. Beh, più o meno. Ma tu sei mucho pazzo. Dopo la scuola, lo scopriremo dalla TV e dall'edizione serale del giornale che andrò a comprare da qualche parte."

"Verrò con te. Così potrai chiamarlo."

"No, allora andrò a casa."

Ashley continuò a tormentarlo. "Vengo con te. Così potrai chiamarlo."

"Vai via."

Per le due ore successive, Fritz parlò delle colonie americane e di come le loro economie si fossero sviluppate indipendentemente dal governo britannico. Parlò dell'agricoltura regionale e dei fattori che avevano portato alla guerra francese e indiana.

A pranzo, Ashley glielo chiese di nuovo.

"Sei proprio un rompiscatole. No. Non l'ho chiamato. Non lo farò. Gli hanno combinato un bel casino in Medio Oriente; non capisco cosa stia succedendo, ma puoi scommettere che non sia lì a girarsi i pollici in attesa della Divina Provvidenza. Smettila di chiedermelo."

Ashley gli diede una pacca sulla spalla. "È veramente facile farti irritare, io lo faccio così bene."

Fritz chiese: "Hai parlato con Jane?"

"A volte sei veramente miope. Ancora peggio, miope coi paraocchi. Potresti trainare una carrozza a Central Park. Aspetta qui. Prendo la sacca del mangime." Tornò con due panini, due biscotti e due bottiglie di succo.

"Allora, cosa ha detto?" chiese Fritz.

"Ha detto: 'Cosa fai stasera?' e io le ho detto di non aver niente in programma. Quindi mi ha detto di andare da lei e io l'ho fatto."

"Cosa? Aspetta. Quando?"

"Ieri sera. Loro sono all'aeroporto."

"Cosa c'entra tutto questo col chiamare il presidente?"

"Niente. Ma chiamalo comunque."

"Sei una spina nel fianco. Andiamo. Non lo chiamerò finché non avrò scoperto se il mondo è saltato in aria." Sopra di noi sentimmo il rombo di un tuono. Prima che Ashley arrivasse alla sua classe, Fritz gli chiese se avesse trovato delle foto. Ashley aveva stampato le foto del primo concerto statunitense dei Beatles, di Secretariat che vinceva il Kentucky Derby, e il poema originale di Francis Scott Key, l'autore dell'inno nazionale americano, intitolato "La Difesa di Fort McHenry".

"Le hai qui?" Ashley le aveva, ma non voleva continuare ad usare il portale. Disse di aver fatto abbastanza esperienze col portale in una settimana. "Mi piacerebbe tornare a Parigi, però. Magari negli anni 20." C'era una libreria, disse, chiamata "Shakespeare and Company", frequentata da giovani scrittori come Hemingway, Fitzgerald e Joyce. "Mi piacerebbe conoscerli."

"Quindi faremo un altro viaggio questa settimana? Che ne dici? Hai una foto?"

"Sì." Il suo entusiasmo decretò che sarebbero andati proprio lì.

"Più tardi."

MALGRADO IL TORMENTO DI ASHLEY sul chiamare il presidente, che continuava a tornargli in mente, Fritz tenne duro e arrivò alla fine delle lezioni. Dopo la scuola, Ashley tornò da lui tenendo in mano una foto stampata. Dietro di lui, un gruppo di studenti dell'ultimo anno, la classe della seconda ora di Fritz, si raggrupparono e andarono in fondo all'aula.

Guardando gli studenti, Ashley chiese: "Di che si tratta?"

"Questi sono i ragazzi che vogliono creare delle simulazioni del viaggio nel tempo."

"Cosa stanno facendo?"

"Parlano di ciò che hanno pianificato, per valutare se vogliono farlo davvero."

"Li aiuterai?"

"Non lo so. Ehi, ragazzi, vi serve aiuto?"

"Grazie, signor R", disse Eric, interrompendo la sua spiegazione. "C'è un possibile problema. Ci serve un copione per tutte le parti. Non ne ho mai scritta uno."

Fritz guardò Ashley. "Hai detto di avere una classe che voleva scrivere uno spettacolo per tutta la scuola. Vuoi fargli fare un po' di pratica?"

"Quarta ora." Ashley fissò il soffitto sopra la testa dei ragazzi, uno sguardo che significava che stava pensando a come organizzare la cosa. "Lascia che glielo chieda."

Fritz disse: "Ehi ragazzi, il signor Gilbert ha un corso di scrittura creativa che vuole allestire uno spettacolo per tutta la scuola. Prendereste in considerazione uno sforzo congiunto?"

I ragazzi si guardarono l'un l'altro. Alcuni scrollarono le spalle, altri annuirono. Dopo una breve discussione, Elaine chiese: "Come possiamo coordinarci con loro, signor Gilbert?"

"Elaine, parlerò con loro domani. Sono ragazzi di seconda superiore. È un problema?"

Eric disse: "Siamo stati anche noi in seconda superiore. Lavorare con studenti più grandi potrebbe essere un bene, per loro."

Dan disse: "Sì, potremo comandarli a bacchetta."

"Ok, ecco come faremo", disse Fritz. "Il signor Gilbert chiederà alla sua classe. Domani pomeriggio, Eric, vieni a trovarmi e ti dirò se vogliono farlo. Devi preparare velocemente le tue scene, così potremo dargli un'idea di cosa scrivere. Poi, io e il signor Gilbert vi aiuteremo a mettere assieme tutto quanto. Che ve ne pare?"

"Sembra fantastico. Siamo d'accordo su chi farà cosa, quindi continueremo domani. Signor Gilbert, grazie. Se qualcuno vorrà contribuire a questa cosa potrà lavorare con me."

"Allora ne parleremo domani, Eric", disse Fritz. "Non dimenticate i compiti, ragazzi."

Quando l'aula fu nuovamente vuota, Ashley diede a Fritz un pezzo di carta. "Vuoi andare?"

"Certo, ma solo per qualche minuto. Voglio prendere un giornale e vedere cosa sta succedendo." Fritz guardò l'immagine colorata di un negozio sulla riva sinistra di Parigi, con la grande vetrina ingombra di libri. Mise la graffetta sull'indirizzo, nella didascalia. Ash, non sono mai stato a Parigi. Conto su di te per guidarmi." Col fiato corto e un formicolio alle braccia, Fritz era partecipe dell'attesa di Ashley.

"Andiamo a conoscere quei ragazzi. Mi chiedo se ne riconoscerò qualcuno", disse Ashley.

"Sai, i nazisti hanno chiuso quel posto nel 1941. L'ho letto ieri sera."

"Lo so. Un tizio di nome George Whitman lo ha poi riaperto in un altro posto, dov'è ancora in attività. Magari potremmo andare anche lì, prima o poi." Ashley si diede una pacca sulle gambe. "Vediamo se il portale si apre."

Fritz toccò la maniglia. Niente scossa. Scosse la testa e vide le rughe sulla fronte di Ashley che si abbassavano. Come se una forza magica avesse capito la situazione, un rombo sopra di noi precedette un lampo di luce nel corridoio e un sottile fulmine, facendo tremare le finestre. Fritz toccò di nuovo la maniglia e aprì la porta. Con pochi rapidi passi, arrivarono alla porta del negozio alla loro destra, mentre il rettangolo fluorescente grigio-marrone del portale restava visibile dietro di loro, parzialmente camuffato sotto una tenda da sole.

Quando entrarono, una giovane donna col viso tondo e degli occhi scuri e taglienti si alzò in piedi, restando dietro il tavolo che usava come scrivania. "Bonjour. Bienvenue, messieurs. Y at-il quelque chose que je peux vous aider?"

Ashley chiese: "Lei è Sylvia Beach?"

"Sono io. Ci conosciamo?"

"Non fino a questo momento."

"C'è qualcosa che posso fare per voi?"

"Ha da fare? Ha un momento per scambiare quattro chiacchiere? Mi chiamo Ashley Gilbert e il mio amico è Fritz Russell." Ashley tese la mano, che lei la prese, tenendo gli occhi fissi sul suo viso. Poi strinse la mano a Fritz.

"C'è qualcosa di particolare in voi due, non so bene cosa. I vostri vestiti sono una nuova moda che non abbiamo ancora visto?"

Fritz disse: "Signorina Beach, c'è un posto in cui possiamo parlare? In confidenza?"

"Ci siamo appena conosciuti e volete incontrarmi da sola." Il suo tono era leggero, provocante. "Di sicuro siete americani." Si girò e chiamò qualcuno dall'altra parte della stanza: "Hemingway, sono appena entrati degli americani."

Videro un giovane moro e muscoloso con un picco della vedova pronunciato e dei baffi, che si avvicinò e chiese che servizio potesse fornire. I suoi occhi scuri e penetranti esprimevano un'allegra curiosità. "Questi signori vogliono parlarmi." Si chinò verso Hemingway e disse, con voce profonda e cospiratrice: "Confidenzialmente. Saresti così gentile da essere il mio protettore?"

Lui sbuffò. "Tu hai bisogno della mia protezione, da qualsiasi uomo, come io potrei aver bisogno di una gonna." Porse la mano. "Sono Hemingway."

"Ashley Gilbert. Piacere di conoscerla." Fritz osservò quell'interazione; Hemingway tirò su la testa e volse lo sguardo verso l'alto, mentre tendeva la mano. "Lui è Fritz Russell." Fritz esaminò il volto forte, la mascella sporgente e le sopracciglia unite che facevano da complemento all'ombra della corta barba pomeridiana su quelle guance altrimenti ben rasate. La barba completa non era ancora diventata parte del suo look.

"Allora, che fate voi vagabondi?" chiese Hemingway.

"Siamo solo in visita. In effetti, speravamo di conoscervi entrambi. Signorina Beach, siamo insegnanti del New Jersey. Nel nostro tempo, l'anno è il 2015." Il discorso di Ashley sorprese Fritz, mentre gli altri si scambiarono un'occhiata.

La bocca della Beach si aprì leggermente, lei inclinò la testa e poi guardò Hemingway. Lui scoppiò a ridere. Le sue guance e la sua fronte si riempirono di rughe durante quella risata, delle linee che Ashley e Fritz sapevano che lo avrebbero accompagnato per tutta la vita. "Amici miei, siete già stati al caffè, vedo, e avete assaggiato alcune delle sue ottime annate."

Ashley, che non era disposto a farsi mettere da parte, disse: "Se vi unirete a noi per un'altra, vi spiegheremo. Non sto fantasticando. Né mentendo." La sua serietà durante l'ultimo commento ottenne la loro attenzione. "Volete unirvi a noi?"

Lei guardò Hemingway e si strinse nelle spalle. Lui ricambiò l'alzata di spalle e fece un cenno verso la porta. Prima di uscire, lei urlò. "Starò via qualche minuto. Signor Joyce, mi sostituisca. Altrimenti brucerò il suo libro."

La bocca di Ashley si modellò di nuovo in un sorriso. "James Joyce!"

"Sembra una persona letterata, signor Gilbert. Come conosce il signor Joyce?"

"So che ha pubblicato *Ulisse*."

"Che giorno è oggi?" chiese Fritz, rompendo l'incantesimo che li aveva inghiottiti.

Girarono la testa. "Il 17 aprile 1924", disse Hemingway. "Che giorno è nella vostra galassia?"

La melodia di *Aprile a Parigi* gli scorse nella testa. "Signor Hemingway, oggi è il 16 settembre 2015. So che non mi crede, ma possiamo provarlo. Sappiamo di lei, di questo negozio e della signorina Beach, sappiamo che da bambino lei viveva a Bridgeton, nel New Jersey."

"Sappiamo anche che riceverà un Pulitzer e un premio Nobel", disse Ashley, fissando Hemingway. Poi gli si spalancarono gli occhi e si morse il labbro. "Per quanto riguarda quel drink … lo compreremmo, ma non credo che i nostri soldi vadano bene." Ashley si infilò la mano in tasca e tirò fuori dei pezzi di carta bianchi. Guardò Fritz.

"Mi è successo quando siamo andati a trovare Lee la prima volta. Temo che il passato non apprezzi di venir abbindolato. Se voleste seguirci fuori per un attimo, potremo mostrarvi che siamo veri."

"Aspetta", disse Ashley. Attraversò la stanza e tese la mano. "Signor Joyce, mi chiamo Ashley Gilbert ed è un onore conoscerla." Il giovane, stupito, guardò Hemingway che alzò le braccia al cielo come per dire: "non chiederlo a me."

"Lee, quale Lee?" chiese Beach mentre Ashley era impegnato a stringere la mano a Joice.

"Robert E. Lee."

"Signor Russell, le mie storie sono noiose, in confronto", disse Hemingway.

I due espatriati seguirono Fritz fino al marciapiede. Ashley uscì con un'espressione sorridente. Fritz indicò il rettangolo che avrebbe portato lui e Ashley a casa. "Ho trovato un modo per viaggiare nel tempo la scorsa primavera, ma non l'abbiamo usato molto. Ashley voleva venire qui a conoscervi. È un insegnante di inglese. Io insegno storia. Signorina Beach, viviamo a Riverboro."

"So dov'è . Ci sono andata una volta per la Parata dei Bambini, il 4 luglio."

"La facciamo ancora. Ashley legge regolarmente la Dichiarazione di Indipendenza nel parco, in quell'occasione. Vorrei che potessimo restare di più, ma ora dobbiamo andare. Vi andrebbe se tornassimo qualche altra volta?"

"Parigi è una città meravigliosa, sembra che attiriamo americani di ogni genere", disse Beach. "Sono sicura che se tornerete sarete i benvenuti."

"Potete mostrarci come funziona il vostro … qualunque cosa sia?" chiese Hemingway.

"Non posso, ma quel rettangolo scomparirà quando ce ne andremo." Tirò Ashley per la manica. Si scambiarono delle strette di mano e Ashley baciò la mano di Sylvia Beach. Poco prima di attraversare il portale, videro una giovane coppia che attraversava la strada.

"F. Scott Fitzgerald", disse Ashley, abbassando la voce. "Con Zelda. Fritz, *dobbiamo* tornare qui." Salutarono le loro nuove conoscenze e Fritz oltrepassò la soglia. La mano della Beach andò a coprire la sua bocca spalancata, poi tirò il braccio di Hemingway. Lui si voltò verso di lei, spalancando gli occhi e scuotendo la testa. Ashley notò i loro sguardi stupefatti, sollevò la mano in segno di saluto e seguì Fritz.

"È stato incredibile. Grazie Fritz. Hemingway sembrava così giovane."

"Lo era, Ash. Più giovane di noi. Ma se vuoi un rimprovero saggio, beh, diciamo semi-intelligente, non puoi parlare alle persone del loro futuro, altrimenti incasineremo il corso degli eventi."

"Mi spiace. Mi è venuto fuori prima che riuscissi a fermarlo."

"Andiamo", disse Fritz. "Vado a prendere un giornale e torno a casa. Possiamo parlarne in un altro momento. Voglio leggere qualcosa sulla generazione perduta. La Prima Guerra Mondiale ha avuto un grosso impatto su di loro."

"Sapevi che Hemingway è stato gravemente ferito da un mortaio e ha passato otto mesi in ospedale?"

"Credo di averlo già sentito, ma grazie per avermi rinfrescato la memoria. Comunque, vieni da me o hai degli altri piani?"

"Per il momento, vengo da te."

"Chiamo Linda per avvertirla."

CAPITOLO TREDICI

LINDA ERA accanto al lavandino e sbucciava le patate, mentre leggeva un articolo per una delle sue lezioni dal portatile posato sul bancone. Fritz la baciò e Ashley la salutò. Fritz le chiese se avesse saputo qualcosa di nuovo.

"Notizie limitate, finora incongruenti", disse Linda. "Gli eledoriani hanno attaccato di mattina presto, in base al loro fuso orario, ma gli israeliani li hanno respinti. Le truppe israeliane si dirigono a nord verso le alture del Golan, per proteggere gli insediamenti lassù. È praticamente tutto qui, fino ad ora."

Ashley chiese: "Ci sono novità su Naria?"

"Il New York Times Online ha riferito che c'è un blackout delle comunicazioni, quindi gli unici rapporti provengono dai paesi vicini." Prese un'altra patata. "Stanno tirando a indovinare. Sono in attesa di conferme."

"Vuoi una mano?" chiese Fritz. Fissò Ashley.

"Per ora no. Per cena preparerò pollo e purè di patate. Il pollo deve solo essere messo in forno. Le patate sono quasi pronte per la cottura. Sembri un gatto che ha mangiato il canarino, Ash. Cosa avete combinato voi due?" Ashley notò il leggero cenno della testa di Fritz e Linda vide che Ashley guardava Fritz. Si morse il labbro, prese un'altra patata e la strinse come se volesse schiacciarla a mani nude.

Evitando di rispondere, Fritz disse: "Guarderò la TV per un po'. Se ti serve aiuto, lui ha portato il grembiule." Uscendo dalla cucina fece l'occhiolino ad Ashley, poi andò in soggiorno, accese la TV e aprì il portatile. Solo i primi notiziari online contenevano delle informazioni sugli attacchi dei bombardieri eledoriani, ma non c'era niente su Naria, quindi consultò diversi siti web alla ricerca di aggiornamenti. Sebbene le notizie sulle reazioni politiche fossero scarse e non ci fosse nulla sull'azione militare, trovò un articolo di due paragrafi su un insediamento israeliano che era stato invaso dalle truppe di terra eledoriane. La situazione delle persone che di trovavano lì era sconosciuta.

Fritz andò in cucina e disse: "Guardate qui", mettendo il portatile sul tavolo. Linda e Ashley lessero la notizia. Linda alzò lo sguardo subito dopo aver finito di leggere.

"Pensi che il presidente ti chiederà di aiutarlo in un altro salvataggio?" chiese, tornando alle patate.

"Non lo so, ma non mi sorprenderebbe", disse Fritz.

"Perché non lo chiami?", chiese Ashley.

"Lin, il nostro amico Lotario ha una nuova storia da raccontare. Sembra che si sia messo a giocare al dottore, dopo le nostre imprese di ieri sera."

Ashley arrossì. "Non esagerare. Sembravo più un'infermiera."

"Racconta", disse Linda. "Hai scoperto come riesca a lavorare nel ramo esecutivo ed essere anche nell'esercito?"

"Ha detto di essere cresciuta in un paese in piena guerra civile, quindi per lei, e probabilmente per tutta la sua famiglia, il servizio militare era una cosa inevitabile. Si è iscritta al Corpo di Addestramento per le Riserve, al college, ed è andata a scuola in Medio Oriente. L'esercito l'ha resa un'analista. Però si è offerta volontaria per la scuola dei Ranger. Riesco a capire che sia voluta entrare nell'esercito, ma quella scuola è la loro versione della scuola dei Seal. Quando le ho chiesto perché lo ha fatto, ha detto: 'Solo chi rischia sfidando i propri limiti ha la possibilità di scoprire fino a che punto si può spingere.' Mi ha reso felice di averglielo chiesto."

"Perché?" chiese Fritz.

"Quella è una delle mie citazioni preferite, Fritz. T. S. Eliot. Poi ha detto: 'Non sei l'unico letterato da queste parti.' Ha incontrato il presidente poco dopo il suo insediamento. Lui le ha trovato un posto nell'amministrazione, dove svolge funzioni di collegamento con l'esercito. Ha detto che mi avrebbe voluto raccontare una storia lunga e divertente, ma ridere le faceva male. Allora le ho preso un antidolorifico e ho chiesto al medico di controllare le fasciature. Tutto qui. Sono tornato a casa verso l'una. Sai, Fritz, ci sono tanti scrittori interessanti che potremmo incontrare."

"Che vuoi dire con 'incontrare'?" chiese Linda. "Giuro che voi due mi farete impazzire. Siete andati nuovamente da qualche parte?" Fritz non riusciva a sostenere il suo sguardo ed Ashley si schiarì la gola. "Dove siete andati? Fritz?"

Ashley disse: "Parigi. Anni venti. Abbiamo incontrato Hemingway. E io ho stretto la mano a James Joyce."

"Dannazione." Lei gettò il pelapatate nel lavandino dopo averglielo puntato contro. "Voi due siete fuori controllo."

"Mi spiace, Lin", disse Ashley. "Stavolta è stata colpa mia. Ma ieri sera stavo leggendo *Il vecchio e il mare* e ho iniziato a cercare delle storie sulla generazione perduta degli anni venti, a Parigi. Quindi ho stampato una foto."

"E ci siete andati solo per vedere se era possibile. Che cosa succederà se altererete il loro futuro? Potrebbe cambiare anche il nostro. Fritz, devi smetterla. È già abbastanza brutto che lo voglia usare il presidente."

"A proposito del presidente, credo che la missione di ieri sera abbia avuto successo, dato che non ci sono notizie." Mentre continuavano a parlare delle incursioni della notte precedente, Fritz iniziò ad agitarsi. Prese il telefono.

IL PRESIDENTE aveva passato gran parte della giornata a monitorare il Medio Oriente. Aveva ricevuto aggiornamenti regolari e continui dal suo Consigliere per la Sicurezza Nazionale, dal segretario della stampa e dal segretario della difesa, nell'ultimo dei quali gli era stato riferito che i loro agenti a Naria avevano confermato che i siti nucleari erano ormai inutilizzabili. Aveva anche parlato quattro volte con il primo ministro israeliano. Nella prima chiamata avvertì gli israeliani che gli Stati Uniti avevano rilevato delle voci su un imminente attacco di rappresaglia. Più recentemente, il primo ministro aveva riferito la cattura dell'insediamento nelle alture del Golan. Circa cinquecento coloni erano stati radunati nel centro ricreativo. Uno dei coloni aveva ancora un cellulare e, quando era possibile, aveva inviato dei messaggi. "Ho parlato con l'ambasciatore eledoriano poco fa. Sta negando il coinvolgimento", disse il presidente al primo ministro.

"Sta mentendo. Abbiamo identificato i loro aerei e i nostri voli di ricognizione hanno fotografato delle truppe di terra."

"Mi ha detto che la base aerea di Sooksamad era stata saccheggiata e che gli aerei erano stati rubati. Stiamo cercando di verificarlo con le immagini satellitari. Sapete quanti uomini hanno nel centro ricreativo?" chiese il presidente.

"Ci è stato detto che all'interno ce ne sono solo dieci, ma hanno AK-47 e granate. Non sappiamo quanti ce ne siano all'esterno. Probabilmente un bel po'. Vediamo che stanno controllando le case e stabilendo un perimetro. Sanno che stiamo arrivando."

"Quanto sono vicine le vostre truppe?"

"Circa due ore."

"Ho un'idea. Potete mandarmi una planimetria del centro ricreativo?"

"Signor Presidente, posso spedirla subito, ma di cosa si tratta."

"La richiamo presto."

L'UOMO ERA APPENA tornato da una conferenza stampa sul blackout di Naria. Ascoltando senza dire nulla, si era seduto al fondo della sala, raccogliendo informazioni che sapeva essere inesatte. Il suo telefono squillò, come se sapesse che era ritornato. "COSA?" Rimase in ascolto. "Teneteli in periferia. Stiamo pagando abbastanza per evitare che vengano identificati. Ho un brutto presentimento su ciò che succederà . C'è qualcosa in gioco, ma al momento posso solo fare delle ipotesi. Ne saprò di più in seguito." Chiuse la chiamata, si tolse la giacca, la appoggiò su una sedia e guardò fuori dalla finestra. "È un buon inizio", si disse.

COL TELEFONO di fronte a sé, Fritz discuteva sul dover fare la telefonata. Il sole della tarda estate aveva seguito la tempesta in rapido movimento, facendo penetrare i aggi tra gli alberi del giardino e illuminando la finestra a bovindo. Quando stava per fare il numero, alzò la mano per ripararsi dal sole.

"Stavo giusto per chiamarla, Signor Presidente", disse Fritz. Linda e Ashley ascoltavano, guardando Fritz.

"Fritz, in parole povere, ci sono state delle conseguenze alla nostra missione. Ho bisogno del vostro aiuto."

Di cosa si tratta?"

"Del salvataggio degli ostaggi israeliani in mano agli eledoriani."

"Ne stavamo giusto parlando", disse Fritz, indicando il suo portatile a beneficio di Linda e Ashley. "Qual è il piano?" Il presidente lo informò di ciò che aveva appreso.

"Signor Presidente, come possiamo far passare il nostro gruppo inosservato? È ancora giorno, gli allenamenti di football sono ancora in corso e ci saranno anche delle altre squadre lì in giro."

"Possiamo usare le aule come aree di stoccaggio, fino al tramonto? Penso che dovremmo portare un'orchestra, in borghese, per esercitarci nel vostro auditorium. Le truppe avranno casse con attrezzature, abbigliamento e armi."

"Come i gangster ai tempi del Proibizionismo? Con i mitra negli astucci dei violini? E i ragazzi?"

"Passeranno dai corridoi dopo l'allenamento?"

"Sì, vanno ai loro armadietti."

"Fino a che ora vanno avanti gli allenamenti, durante una normale giornata?"

"Cinque, cinque e mezza al massimo. Non manca molto. Quanto tempo abbiamo? Ora laggiù sono le dieci e mezza."

"Non lo so, Fritz. Dipende se gli eledoriani intendono restare lì e combattere, oppure uccidere gli ostaggi e ritirarsi. E quando."

"Cosa succederà se gli israeliani attaccheranno?"

"Non so neanche questo. Ecco perché dobbiamo muoverci in fretta."

"Arriveremo alla scuola fra dieci minuti. Quante truppe verranno?" chiese Fritz.

"Ho parlato col segretario della difesa. Pensava di mandare trenta persone. Contando le riserve, sarà un totale di 50-60 soldati, inclusi i medici."

Quell'ultima parola provocò un'onda d'urto nello stomaco di Fritz, tenendo completamente impegnato il suo cervello. Solo la sera prima, aveva assistito ai risultati di una scaramuccia. A differenza del furtivo ingresso a Naria, questa missione intendeva attaccare e respingere dei soldati nemici per salvare degli innocenti. Nessun giro di prova, solo la battaglia. Degli allarmi cominciarono subito a suonare nella sua coscienza. Si asciugò la fronte calda.

"Ha parlato con George?"

"No. Certe cose le evito il più possibile."

"Codardo. Lo chiamerò io. Si arrabbierà, ma gli dirò che è un'emergenza. Può parlargli dopo."

"Io chiamerò il Colonnello Mitchell e il Maggiore. Lei è ancora alla struttura dell'aeroporto. Saranno lì fra mezz'ora."

"Facciamo 45 minuti, Signor Presidente. Dirò a George che dobbiamo far concludere gli allenamenti in fretta." Fritz immaginò un parcheggio illuminato dal sole e gli studenti che aspettavano chi doveva passare a prenderli dopo l'allenamento. "Può dire a James di chiamare Jim Shaw?"

"Fritz, puoi venire qui a prendere James?"

"Signor Presidente, ho bisogno di avere qui Tony, per farlo. Prima c'è stato un temporale, ma non voglio dover dipendere dal tempo."

"Per sicurezza è rimasto nel New Jersey. È col colonnello."

"Ora chiamo George e metto tutto in moto", disse Fritz. "Lei sarà nel suo ufficio?"

"Chiamami al cellulare. Hai il numero. Buona fortuna."

Prevedendo un'altra lunga notte, Ashley chiese a Linda se volesse restare a casa. Lei finì di prendere appunti, si tirò indietro dal tavolo e si alzò in piedi. "No!" Dalla finestra, videro due scoiattoli in cortile che frugavano alla ricerca di premi sepolti. Fritz spiegò a George cos'era successo. Non gli diede la possibilità di lamentarsi.

Mentre andavano verso la macchina, Ashley disse: "Perché non rimandiamo gli ostaggi in Israele, invece di tenerli qui?"

Fritz si fermò di scatto, come se avesse frenato troppo forte. "È un'ottima idea. Chiamerò il presidente dalla scuola. Deve decidere lui. Questo farà saltare la copertura sul portale."

Alle dieci e cinque, scesero dal SUV scuro di Fritz e andarono nella sua classe. Dopo pochi minuti arrivarono Lois e George, la cui carnagione era già arrossata e continuava a prendere colore.

"Che succede?" chiese Lois.

Ashley disse: "Lois, dobbiamo smetterla di incontrarci così."

Lei disse: "Se non vi conoscessi, penserei che siete impazziti. Voi due avete davvero trovato un bel casino in cui ficcarvi. George non può rifiutarsi."

Prima che George riuscisse a sfogarsi su Ashley, Fritz disse: "George, dobbiamo far andar via i ragazzi. Ora le squadre dovrebbero aver finito. Tu e Lois potete andare negli spogliatoi dei ragazzi e delle ragazze e farli uscire rapidamente? Se dovete dargli delle spiegazioni, ditegli che l'edificio deve essere completamente vuoto per un'orchestra in visita. Ash, resta qui."

Lois disse: "Se non fosse così grave, credo che ci riderei sopra."

Mentre Lois e George si occupavano degli spogliatoi, Fritz chiamò il presidente. Gli comunicò il suggerimento di Ashley di rispedire gli ostaggi in Israele attraverso il portale, ma avrebbe avuto bisogno di una mappa della destinazione a cui inviarli. "Signor Presidente, Linda ha il suo portatile, ma non abbiamo portato una stampante."

"Vi farò portare la mappa dal maggiore. Le dirò di aspettare che arrivi. Nel frattempo, Fritz, dovrai organizzare le cose dalla tua parte."

"Signor Presidente, Ash e Linda possono prendere la stampante. Ovviamente, anche la scuola ha delle stampanti. Avrei dovuto pensarci. Potrei collegare il mio portatile a una di quelle, ma non ho portato il cavo. Il maggiore andrà bene, per iniziare."

"Ok. Ci sentiamo presto. Chiamo il primo ministro." Ashley e Linda erano già diretti alla porta.

"Ti servono le chiavi della mia macchina." Fritz tenne la chiave della scrivania e diede il resto delle chiavi ad Ashley.

Fritz liberò la superficie della scrivania, mise la chiave nella serratura e prese un pezzo di carta per scrivere degli appunti. Immaginò l'arrivo della finta orchestra, decise quali stanze usare, dove mettere gli ostaggi quando fossero arrivati e come riportarli in Israele. *Questa cosa ci sta sfuggendo di mano.* Poi gli apparve nella mente una chiara immagine di Parigi, abbastanza nitida da poterla toccare. Si concentrò sulla serata che lo aspettava. Passandosi le mani fra i capelli, cercò di pensare a cos'altro era necessario. Le pulizie. Conosceva George.

Prima ritornarono i McAllister. Poi tornarono Linda e Ashley.

L'agente Shaw arrivò da fuori. "Salve, signor Russell. Il signor Williams mi ha chiamato e ha detto di venire qui subito. Che succede?"

"Ciao, Jim. Un'altra esercitazione. Bisogna tenere liberi i dintorni e allontanare i curiosi. Puoi farlo?"

"Certo. Sono un duro. Può dirmi cosa sta succedendo veramente?"

"Non posso, Jim, ma mi aspetto che James te lo dica quando lo riterrà opportuno. Senza offesa, ma si tratta di faccende riservate. Soprattutto, Jim, dobbiamo allontanare velocemente i ragazzi dalla scuola. Sta arrivando un'orchestra."

Jim diede a Fritz una strana occhiata, un'occhiata del tipo "sei impazzito?"

"Vedrai."

CAPITOLO QUATTORDICI

Cinque scuolabus e cinque Suburban neri arrivarono nel parcheggio. Il primo Suburban si fermò all'entrata, all'estremità del corridoio di Fritz, e ne uscì Tony Almeida in abito nero. Tony non entrò, ma controllò il parcheggio parzialmente pieno. Fece cenno a due uomini, anche loro in abiti neri, che aprirono il portello posteriore e ne presero un generatore. Vedendolo, Fritz e Ashley corsero ad aprire le porte. Il portello si chiuse, il Suburban si spostò nel parcheggio e Tony ripeté la sequenza per ogni auto. Gli uomini posarono i loro fardelli nella classe di Fritz, poi avanzarono lungo il corridoio fino alla classe di Ashley. Guardando con più attenzione, Fritz riconobbe alcuni dei leader delle squadre della notte precedente.

Tony salutò Fritz, poi fece cenno agli autobus. Uno dopo l'altro accostarono, si fermarono e scaricarono i passeggeri. Ognuno di loro era vestito in giacca e cravatta e aveva una custodia per strumenti. Col sole che filtrava fra le come degli alberi, scese dall'autobus anche il colonnello Mitchell. "Signor Russell, da quanto tempo non ci vediamo. Certamente molto meno di quanto mi aspettassi."

"Colonnello", disse Fritz, stringendogli la mano. "Dove volete sistemare gli uomini?"

"Nelle classi. Nessuno deve stare nei corridoi finché non siamo pronti. L'edificio è sgombro?"

"Penso di sì, ma farò ricontrollare a George."

Tornando dagli altri, Fritz riferì le istruzioni del colonnello e George iniziò un'altra verifica, stavolta con Ashley. Linda e Lois accompagnarono i "musicisti" alle classi. Dall'ultimo autobus, scese una giovane donna che faticava a portare un violoncello lungo lo stretto passaggio, con un vestito nero da cocktail che rivelava gambe magre e muscolose. I suoi capelli castani, che ondeggiavano con grazia ad ogni passo, luccicavano nel sole calante.

Il maggiore.

Era davvero bellissima. Corse ad aiutarla.

"Ciao, Fritz", disse lei.

"Entrerai anche tu?"

"No, a meno che non sia costretta. Stasera *sono* il direttore d'orchestra."

"Beh, di sicuro stai meglio con uno strumento che con la pittura da guerra", disse lui. "Come va la schiena?"

Lei posò il violoncello sul pavimento. "I dottori mi hanno messo degli altri punti stamattina e mi hanno trasfuso un paio di unità di sangue. Fa male."

"Ti serve una mano con quello?"

"Se vuoi. I punti stanno tirando. Non vorrei sanguinare su questo vestito. È l'unico che ho per i cocktail party e gli eventi speciali di Washington."

"Cosa c'è qui dentro?" chiese lui, saggiando il peso della custodia del violoncello.

"Kevlar, pistole, granate e mimetiche. Tutto ciò che serve a una ragazza per suonare Mozart."

"Dove avete preso gli strumenti?"

"Da una scuola elementare locale che non offre più lezioni di musica. Tagli al bilancio." Quando gli autobus finalmente si svuotarono, Tony si unì a loro. Erano pronti ad iniziare.

Ashley arrivò dal lato opposto del corridoio. "Liberate i corridoi.

Arrivano dei ragazzi." Il suo tentativo di sussurrare sembrava il verso di una rana.

Fritz disse: "Entriamo in una classe. Potremo organizzarci quando non ci saranno più i ragazzi."

"Dovremmo chiudere le tende e spegnere le luci."

Fritz si precipitò nelle altre classi per dare istruzioni. *È un bene che siamo divisi in gruppi.* Pochi minuti dopo, uno studente in difficoltà entrò in un corridoio vuoto, trovandoci solo Fritz e Ashley. "Salve, signor R. Salve, signor Gilbert. Che succede?"

Fritz disse: "Paul, resti fra noi, ok?" Il ragazzo coi capelli umidi annuì. "È una sorpresa. Abbiamo qui un'orchestra che farà le prove per un concerto in autunno. Ti prego, non dire niente."

"Certo, signor R." Ancora sudato sebbene avesse fatto la doccia, Paul sbatté lo sportello armadietto per chiuderlo e uscì dalla scuola. *Questo segreto era al sicuro.* Paul non aveva *nessun* interesse nelle orchestre.

Ash disse: "Stai diventando un bravo bugiardo, sai."

"Non sono sicuro di volerlo aggiungere sul mio curriculum."

"In questi ultimi mesi è servito. Magari dovresti entrare in politica." Ashley sorrise, poi chiese: "Dov'è Jane?"

Fritz non rispose. "Paul era l'unico studente diretto da questa parte?"

"Non lo so. George si è occupato del piano superiore."

"Non è ancora tornato. Ash, vai a cercarlo. Fai un altro giro e assicurati che se ne siano andati tutti. Per favore. Non possiamo iniziare finché non siamo soli."

"Capito." Trottò fino in fondo al corridoio e voltò l'angolo.

Fritz entrò nella classe di Ashley, dove Linda e Lois stavano parlando con il maggiore e il colonnello. Diede un'occhiata alle truppe nella stanza, ancora vestite in abiti civili. Un rumore di passi e di voci aumentò di intensità, poi si attenuò. George fece uscire gli studenti dalla scuola. Un minuto dopo, entrarono George ed Ashley. "Sono andati via tutti. Diamogli un minuto per allontanarsi", disse George. Ashley notò il maggiore e quando anche lei lo vide, entrambi i volti si illuminarono.

"Ciao", disse lei.

"Entrerai di nuovo?" chiese Ashley.

"No, a meno che non sia costretta. Potrei dover andare in Israele, dove porteremo gli ostaggi quando li libereremo. Ma dobbiamo iniziare subito." Disse alla sua squadra di prepararsi e il colonnello andò a far preparare gli altri uomini. "Signor Russell, ha le mappe?" chiese lei.

"Ho la planimetria del centro ricreativo, ma non ho la mappa del punto di consegna in Israele, per quando avremo finito. Chiamerò il presidente." I civili lasciarono la stanza e i soldati si cambiarono per l'evento di quella sera.

Ci vollero quattro squilli prima che la signora Evans rispondesse. "Scusi, signor Russell. È al telefono. Attenda, prego."

"Fritz, ti richiamo subito", disse il presidente.

"Ha detto che richiamerà. Sembra frastornato", disse agli altri.

"Gli israeliani", disse il maggiore. Poco dopo, il presidente richiamò.

"Signor Presidente, ha la mappa per Israele?" chiese Fritz.

"È in arrivo, Fritz. Il primo ministro vuole sapere cosa faremo. È difficile dire al leader di un paese di essere grato per l'aiuto, ma di farsi gli affari suoi. Non smetto mai di sorprendermi di come i diplomatici riescano a dire le cose senza far inferocire apertamente le persone. Scommetto che mi stanno maledicendo in ebraico." Il presidente rise.

"Grazie. Ora devo andare a predisporre il portale. Vuole parlare con qualcuno?"

"Fammi parlare col colonnello." Fritz gli passò il telefono e si diresse alla sua classe. Tony aspettava in corridoio, coi suoi generatori già in funzione.

"Siamo pronti?" chiese Tony.

"Quasi. Il colonnello sta parlando col presidente. Tu sei pronto?"

"Ho appena chiamato gli aerei. I ragazzi si sono cambiati?"

"Si stanno cambiando adesso. Inizio a preparare la mappa del centro ricreativo. Vieni a dare un'occhiata. Non so dove farli arrivare." Mentre guardavano la planimetria, entrarono il maggiore e il colonnello. Il sorriso del maggiore era stato sostituito da una mascella squadrata.

"Il presidente ha detto che gli eledoriani sono sparsi nella stanza assieme agli ostaggi", disse il colonnello. "Stavolta sarà dura. Li avremo sotto tiro da una balconata, ma dovremo prenderli di sorpresa. Non vogliamo sparare ai prigionieri."

"Gli israeliani potrebbero creare un diversivo?" chiese Fritz.

"Non ci aiuterà con quelli all'interno. Il presidente ha detto che stanno cercando di circondare il villaggio, ma il primo ministro è sicuro che, se li dovessero attaccare, gli eledoriani ucciderebbero i coloni e si ritirerebbero. Quindi dovremo muoverci in fretta. E per primi." C'erano due punti di entrata adeguati. Il maggiore chiese se potessero arrivare in entrambe le destinazioni contemporaneamente.

"Non ci ho mai provato." Sinistra, destra, centro, lampeggiò nella sua mente. "Forse. Ma sarebbe un esperimento. Non credo che questo sia un buon momento per commettere degli errori. Penso che dovremmo usare delle mappe separate, come ieri sera. Ne stamperò un'altra copia. Aspettate." Si precipitò dall'altro lato del corridoio, poi tornò con un'altra planimetria. "Ci sarà un ritardo, dopo che la prima squadra sarà entrata. Circa trenta secondi. Quindi il primo gruppo dovrà restare in silenzio. Gli servirà un segnale."

"Hanno delle radio con gli auricolari. Dovrebbero andar bene", disse il colonnello.

"Tony, chiama gli aerei", disse il maggiore.

"Già fatto." Gli mostrò un pollice alzato.

Come la sera prima, i soldati si allinearono in corridoio, pronti ad entrare. George entrò nella classe di Fritz e chiese se dovesse accompagnare gli uomini ai bagni.

"Oh, dannazione" disse il maggiore. "Dimenticavo. Sì, signor McAllister, per favore, ma si sbrighi. Glielo dirò." Seguì George fino al corridoio e disse alle sue squadre di andare in bagno, ma fare in fretta. "Non abbiamo molto tempo, ragazzi. Due minuti."

Ci vollero più di due minuti. Venti dei quarantasei uomini erano andati con George.

Mentre aspettavano il ritorno di George, Ashley sussurrò: "Stai bene con quel vestito."

"Grazie. Quando sarà tutto finito, potresti portarmi a bere qualcosa."

"Con piacere. Fai in fretta, così avremo più tempo." Lei gli diede una pacca sul braccio.

"Sapete cosa fare", disse il colonnello. "Due inserzioni alle estremità opposte del centro ricreativo. Sarete su una balconata e sparerete verso il basso. Squadra uno, voi farete fuori gli eledoriani alla vostra destra. Squadra due, quelli alla *vostra* destra. Coordinate i primi colpi. Portate i coloni di sopra, al punto d'ingresso della squadra due, e fateli uscire. Dobbiamo essere molto silenziosi. Ma aspettatevi che possano entrare delle altre truppe eledoriane, tenete d'occhio le entrate. Non sappiamo dove siano gli altri soldati. Domande?"

"Come ci occupiamo dei feriti?" chiese il capitano della prima squadra.

"Se potete, portateli fuori. Qui rimarranno delle riserve. Se vi serve aiuto, tornate per dircelo. Ci metterete di meno che a fare una chiamata. Altre domande?" I soldati allineati in corridoio si guardarono intorno, ma nessuno fiatò.

Il maggiore guardò Tony. Lui fece un rapido cenno con la testa. "Ok, signor Russell. Diamoci da fare!"

"Sistemo le graffette." Linda, Ashley, Lois e George rimasero in piedi accanto alla porta di Ashley, mentre la missione si preparava a partire. Quando Fritz tornò, lasciò che la porta si chiudesse. Appena si chiuse, afferrò la maniglia e annuì al colonnello Mitchell, che disse: "Andate!" Appena la prima squadra fu dentro, Fritz chiuse la porta, poi posizionò la seconda mappa. Tornando in corridoio, afferrò di nuovo la maniglia.

"Niente scossa, Tony." Un generatore aveva trasmesso l'elettricità alla porta, ma lui non aveva sentito niente.

"Prova adesso." Di nuovo, niente scossa.

Un rapido pensiero colpì Fritz. "Fammi riprovare", disse. Posizionò nuovamente la graffetta, posò accuratamente la pianta sotto la prima, e ci riprovò. Stavolta il portale si aprì e il secondo gruppo entrò.

Il maggiore disse: "Non ci metteranno molto. Dobbiamo prepararci. Portate tutti i coloni in fondo al corridoio appena arriveranno." Indicò in direzione della bacheca dei trofei. "State lontani dalla porta." Rivolgendosi ai soldati rimasti, disse, "Le riserve restino pronte. Potremmo aver bisogno di voi."

"Maggiore", disse un tenente con un viso familiare, "dovremmo avere delle pistole accanto alla porta, per sicurezza?"

"Buona idea." Il colonnello posizionò quattro tiratori, che si inginocchiarono davanti alla porta. In piedi alla loro destra, Ashley si scrocchiò le dita. Erano passati solo tre minuti quando la porta della classe era stata aperta. Fritz la afferrò, quando arrivò una fila di persone spaventate e confuse. Ashley cominciò a farle allontanare dal portale, mentre Lois e George aiutavano a rassicurare i coloni del fatto che erano al sicuro. Altre persone si materializzarono in corridoio, varcando la soglia. Però non si riusciva a vedere all'interno. Ad ogni interruzione, il passaggio diventava nero. Era come una luce stroboscopica.

Il maggiore chiese al colonnello di mandare degli uomini con gli evacuati. "Devono tenere la bocca chiusa e portare quelli che piangono lontani da questo corridoio", disse. I coloni formarono un'unica fila, mentre abbandonavano i loro rapitori. Sembravano confusi, ma anche sollevati. La fila continuava ad arrivare in buon ordine. La mancanza di colpi d'arma da fuoco fece sì che il flusso rimanesse fluido, ma la mancanza di caos non alleviava l'ansia. Uscì dal portale anche il leader della squadra numero due.

"Maggiore, finora tutto bene. È stata una totale sorpresa. Però sentiamo degli spari dall'esterno. Credo che molto presto avremo compagnia."

"Grazie, Capitano. Colonnello, dobbiamo mandare dentro le riserve. Il capitano dice che fuori ci sono degli spari."

Il colonnello Mitchell disse: "Avete sentito il maggiore. Andate dentro col Capitano Dolan. Capitano, entri e faccia strada."

"Sì, Signore."

"Maggiore", chiese Linda, "sa quanti uomini c'erano lì dentro?"

"Dovrebbero essere quarantaquattro."

I cinque medici che avevano accompagnato la missione erano andati tutti a controllare i coloni. Uno tornò in tutta fretta. "Maggiore, abbiamo bisogno di aiuto per tenerli calmi. Potrebbe essere uno shock per alcuni di loro. Una donna mi ha detto che i nostri hanno sparato contro le guardie, mancando loro solo di poco."

"Caporale, faccia ciò che può, per ora. Non appena inizierà a uscire qualcuno, le manderò degli aiuti."

"Grazie, Signora." Aiutò i nuovi arrivati ad unirsi alla folla che si ingrandiva nel corridoio. Le persone gironzolavano in cerca dei propri familiari. I soldati facevano passare gli altri ostaggi attraverso il portale il più velocemente possibile. Dato che c'erano cinquecento persone da salvare, il ritmo con cui lo facevano rendeva impaziente il maggiore. Degli spari, forti ma soffocati, invasero il corridoio. Ashley si infilò nel portale per aiutare con gli spostamenti. Tornò quasi subito, con un uomo dai capelli grigi che si teneva al suo braccio destro e un bambino che gli cingeva il collo con le braccia.

Ash?" chiese Fritz, ancora vicino alla porta.

"Sta diventando rumoroso. Credo che stiano arrivando."

Fritz si girò verso Linda e indicò il fondo del corridoio. "Lin, vedi se puoi aiutarli. Digli che sono al sicuro." Lei seguì Ashley. *Ora lei è al sicuro.*

Il capitano Dolan oltrepassò di nuovo il portale, di corsa. Fritz tenne la porta aperta.

"Maggiore Barclay, colonnello, sono là fuori. Abbiamo ancora un paio di centinaia di ostaggi da liberare. Se gli eledoriani entreranno, i civili si troveranno sulla linea del fuoco."

"Capitano, continuate a farli venire. Se entreranno gli eledoriani, i coloni hanno qualche riparo?"

"Ci sono delle altre stanze, oltre alla sala principale, ma nessuna è sicura: hanno tutte delle finestre."

"Capitano, trovi degli ostaggi che abbiano un addestramento militare e dia loro delle armi. Se dovrete farlo, fatevi strada sparando. Tenetemi informato."

"Sì, Signore", disse lui, correndo di nuovo dentro.

Ashley tornò alla porta, dietro Fritz. Ash, la sto osservando. Il maggiore è fantastica. Lo fa sembrare facile."

"Sì, ed ha anche un bell'aspetto."

"L'ho notato. Come va, Tony?"

"Non so per quanto tempo potremo tenerlo ancora aperto. I generatori non hanno mai fatto una pausa, cosa che invece avevano fatto ieri sera. Per fortuna dobbiamo tenere aperti solo due portali. Ora ho solo un generatore di riserva. Ma non posso collegarlo e guardare allo stesso tempo."

Ashley chiese: "Posso aiutarti?" Tony iniziò a spiegargli come collegare il generatore, quando il capitano Dolan ritornò. Siccome non sentiva, passò davanti alla porta aperta.

"Ash, devi stare giù ", disse Fritz.

"Sì, scusa."

"Colonnello, sono alle porte. Siamo pronti, ma l'uscita degli ostaggi è intasata."

"Spostateli di lato, teneteli seduti o sdraiati, il più lontano possibile. Portateli qui a piccoli gruppi. Signor Russell, chiami il presidente. Gli dica che è necessario che gli israeliani attacchino il più presto possibile e si concentrino sull'area attorno al centro ricreativo. Capitano, coprite il perimetro. Potrebbero cercare di entrare dalle finestre." Il capitano Dolan rientrò nel portale. Fritz chiamò il presidente e gli comunicò il messaggio del colonnello.

"Per ora va tutto bene, Signor Presidente. Ma gli eledoriani sono alle porte. Il colonnello ha detto che è necessario che gli israeliani attacchino e si concentrino …" la chiamata si interruppe.

Avendo collegato il generatore, Ashley si spostò nuovamente dietro Fritz. Guardò il maggiore, che gli restituì lo sguardo. La fila degli ostaggi aveva rallentato un po'. Il maggiore chiese notizie a un vecchio con un bastone. Lui le disse che gli eledoriani stavano cercando di entrare, che alcune donne erano rimaste ad aspettare in fondo alle scale. Non sapeva quante fossero.

Dentro c'erano dei soldati ben armati, ma non avevano idea delle forze che stavano affrontando all'esterno. Un altro piccolo gruppo uscì col capitano Dolan. Disse: "Ora siamo una cinquantina, fra gli israeliani che abbiamo armato e i nostri uomini. Ci stanno sparando contro dentro l'edificio. Avevate ragione. Provano ad entrare dalle finestre."

"Ci siamo quasi", rispose. "Portateli meglio che potete. Quando arriveranno gli israeliani, penso che gli eledoriani arriveranno in forze. Buona fortuna, capitano." Lui rientrò ed arrivò un altro gruppetto di coloni. Il livello di ansia salì visibilmente, mentre la fine della fila stava per entrare. Si sentivano rumorosi colpi d'arma da fuoco nelle vicinanze. Erano riusciti ad entrare nell'edificio.

"Dottori", chiamò il maggiore. Voleva essere pronta. Entrò un altro gruppo di dieci persone e Ashley li fece allontanare velocemente dalla porta. Dei proiettili colpirono il muro di fondo, facendo schizzare dell'intonaco da tutte le parti e creando una nube di polvere. Gli eledoriani erano arrivati al piano superiore. Il maggiore portò la mano al fianco, cercando la pistola, ma afferrò solo dell'aria. Lei e Ashley corsero nella sua classe e tornarono con dei fucili e dei giubbotti antiproiettile. Lei aveva preso una pistola con la fondina e l'aveva fissata sopra il vestito.

I continui spari e le urla fecero pensare ad Ashley che gli eledoriani stessero bloccando il portale. Le ultime donne erano rimaste bloccate nel bel mezzo dello scontro a fuoco. Frustrato, Fritz non poteva fare altro che tenere la porta. Non aveva il tempo di impostare il portale per aprirsi sull'altra destinazione. Mentre valutava le opzioni, emerse la canna di un fucile. Quando venne seguita da un viso, il maggiore sparò. Il sangue schizzò sulla porta, sul pavimento e su Fritz.

"Bel tiro", disse lui.

"Scherzavo quando dicevo che non lo avrei dovuto fare."

Il colonnello Mitchell si precipitò lungo il corridoio, con la pistola in pugno. "Cos'è successo?"

"Sono dentro il centro ricreativo, al piano superiore", rispose il maggiore. "Penso che stiano bloccando il portale. Vorrei poter vedere cosa sta succedendo." Gli spari continuarono, ma non emerse nessuno. Il maggiore si avvicinò alla porta, si mise in ginocchio, si voltò verso Ashley e disse: "Ancora una volta sulla breccia, cari amici, ancora una volta." Si infilò parzialmente, poi scivolò in una posizione prona. La strana vista di quel paio di gambe visibili che spuntavano, mentre il resto del corpo era invisibile, cambiò improvvisamente quando anche le gambe scomparvero. *Scommetto che è ciò che ha visto il fotografo di Detroit, solo che quelle gambe erano mie.*

Il colonnello Mitchell andò da Ashley. Gli prese il fucile e passò ad Ashley la sua pistola. "Signor Gilbert, io entro. Ho tolto la sicura. Hai mai sparato?"

"Sì. Da bambino, in Connecticut."

"La punti e prema il grilletto, ma sia sicuro del bersaglio."

"Sì, Signore, lo farò." Il colonnello si adagiò sulla pancia e si infilò nel portale.

Fritz e Ashley si scambiarono uno sguardo che diceva "e ora?" Non dovettero attendere a lungo. Il Maggiore strisciò fuori e guardò Tony.

"Tony, il portale sta tremolando. Signor Russell, chiami il presidente. Hanno un sacco di uomini. Ci serve aiuto. Deve far arrivare il resto dei nostri dall'aeroporto. Deve far arrivare anche il Capitano Burnett." Scomparve di nuovo.

Fritz chiamò immediatamente e il presidente disse che avrebbe subito messo le cose in movimento. Guardando Ashley, Fritz disse: "Sei l'unico che ha una pistola."

Tony, ancora seduto sul pavimento, disse: "I medici sono tutti addestrati. Lì ci sono altre armi." Indicò la classe di Ashley. "Dammi il pezzo e vai a prenderle. Non ho idea di cosa fare per il portale."

Fritz si posò la mano sul mento. "Tony, pensi che la corrente possa reggere se io chiudo la porta, interrompo il collegamento e resetto la graffetta?"

"Beh, la porta aperta usa più energia, come una batteria che si sta scaricando. La consuma più velocemente. Ieri sera la porta è rimasta chiusa quasi tutto il tempo."

Ashley arrivò e si mise ad ascoltare. Disse: "Ieri sera riuscivano a vedere il portale con la porta chiusa. Se facessi un passo dentro, potrei dirvelo. Se riuscirò a vederlo, uscirò subito. Altrimenti, saprai che devi resettarlo.

"È pericoloso, Ash", disse Fritz.

"Non è più pericoloso per me che per tutti gli altri. Se riuscirò a tornare, potrò dire ai rinforzi in arrivo che cosa sta succedendo."

"Amico, stai attento. Hai tolto la sicura?"

"Sì." Ashley strisciò dentro e Fritz lasciò che la porta si chiudesse.

Tornò subito, in piedi. "Ho dovuto aspettare che l'uscita lampeggiasse. Però non basta un lampeggio occasionale. Io so cosa cercare. Le persone all'interno devono riuscire a vedere il portale e passare quando lo vedono. Gli uomini sono a terra. Non ho visto né Jane, né il colonnello."

Fritz lasciò che la porta si chiudesse. Quando afferrò la maniglia, si rivolse a Tony. "Niente scossa." La chiusura del portale sarebbe potuta costare delle vite, quindi aprì di nuovo la porta, corse alla scrivania, resettò le mappe e le graffette, poi tornò in corridoio. "È resettato. Ora devo riaprire la porta per aprire il portale."

Tony disse: "Il livello dell'energia è appena risalito. Procedi."

Fritz girò la maniglia quando ricevette la scossa alle dita e aprì la porta. Tony puntò la pistola alla porta. "Fritz, faresti meglio a tirarti indietro. Non vorrei sparare a te." Ashley chiese a Tony la pistola e gli disse di controllare l'alimentazione. Per qualche minuto, Ashley e cinque medici tennero le armi puntate contro la porta.

"Signor Russell, che succede?" disse una voce dalla porta in fondo al corridoio. Jim Shaw avanzava verso di loro.

"Jim, probabilmente non dovrei dirtelo. Ma c'è una missione di salvataggio in corso. Top secret. Quando avremo finito, scoprirò cosa posso dirti. Comunque sia, o te ne vai o tiri fuori la pistola." Jim prese il revolver di servizio. Controllò la camera, tolse la sicura e fece un respiro profondo. Non aveva mai dovuto usarlo.

CAPITOLO QUINDICI

MENO DI VENTI minuti dopo, arrivarono altri due autobus e il capitano Burnett portò altri soldati nella scuola. Nessuno di loro indossava abiti eleganti. Erano pronti ad entrare. Il tramonto del sole stendeva le sue braccia arancioni per accoglierli.

"Signor Russell, può farmi rapporto sulla situazione? Scusi, può dirmi cosa sta succedendo?"

Fritz disse: "Ashley ha guardato dentro poco fa. Lui è la fonte migliore."

Ashley gli disse ciò che poteva. Un gran numero di coloni, alcuni dei quali feriti, erano rimasti alla base delle scale. Fuori, le sparatorie sembravano più distanti. Disse al capitano che all'interno la luce avrebbe potuto rendere i bersagli più facili da individuare. Il capitano notò anche i fori di proiettile e l'intonaco scalfito nel corridoio.

"Sembra che stasera avremo nuovamente bisogno di una squadra di riparazione."

"Sì, George ne sarà felice", disse Ashley. "Penso che sia meglio che entriate in ginocchio, finché non vi sarete fatti un'idea di cosa sta succedendo. Ci sono dei punti in cui vi potrete nascondere. Un sacco di stanze. Un palco con un sipario. Potrebbero esserce ancora, lì dentro. Non ho guardato."

Il capitano mise in fila i suoi uomini, gli diede le istruzioni e scelse due uomini da far entrare per primi. Strisciarono dentro. Uno tornò e riportò che l'ingresso era libero e la balconata deserta. Gli altri entrarono rapidamente. Ripresero gli spari. Vicini.

Fritz controllò l'orologio. I primi che erano entrati erano stati nel portale per più di un'ora. Ormai erano entrati più di cento incursori e non emergeva più nessuno da molto tempo.

"Fritz, vado a controllare cosa sta succedendo", disse Ashley. "Qui non sono di nessuna utilità. Sono preoccupato per Jane." *La mia fortuna deve cambiare*, e per un attimo incrociò le dita.

"Ormai sei stato dentro il portale quasi quanto ci sono stato io. Ash, stai attento." Ashley si mise a pancia in giù e strisciò dentro. Si sollevò lentamente e si guardò intorno. Una balconata percorreva tutto il perimetro di una grande sala aperta contrassegnata come un campo da basket su un pavimento di legno duro. I tabelloni retrattili in vetro dei canestri erano stati distrutti dagli spari. Solo una delle lampade appese al soffitto era ancora accesa. Sotto di lui, il palco si estendeva su un lato dell'edificio, col sipario devastato dai proiettili. Era molto attento, il palco avrebbe ancora potuto essere un buon nascondiglio. Sul lato della scala, erano ammassate un gruppo di donne. Restando all'erta per dei movimenti furtivi, amichevoli o meno, non vide nient'altro che gli ostaggi. A parte loro, l'edificio sembrava non essere occupato, perlomeno non da persone ancora in piedi. Gli spari all'esterno sembravano uno stormo di picchi che facevano una gare di beccate. Scese furtivamente dalle scale.

"State tutte bene?" chiese. Una donna lo abbracciò. "Andiamocene da qui. Seguitemi." Con un inglese dall'accento strano, una donna gli tirò la manica e disse: "Signore, abbiamo feriti. Non possiamo lasciarli."

"Possono camminare?"

"No, Signore."

"Ok. Voi cinque, venite con me."

Le mandò su per le scale e disse alle altre: "Torno subito con dell'aiuto." Corse di sopra e guidò il gruppetto attraverso il portale. Disse ai medici di andare con lui. "Fritz, torno subito." I medici portarono via i feriti senza le barelle e Ashley disse alle altre donne di seguirli. Salì le scale dopo di loro, osservò il piano inferiore e poi camminò lungo la balconata, prudente e vigile. I corpi erano sparpagliati per tutta la stanza; al piano superiore ce n'erano due. *Non voglio più vedere scene simili.* Alla fine di quella sezione, si girò a destra e trovò il maggiore distesa a faccia in giù, col bel vestito nero inzuppato di sangue. La prese e tornò di corsa al portale. Mentre si precipitava dentro, gridò: "Dottore!"

"Fritz, lì non c'è nessuno", disse Ashley. "Perlomeno nessuno che si muova ancora. Devono aver cacciato fuori gli eledoriani. Sentivo degli spari dall'esterno. Gli uomini sono a terra. Non ho controllato se qualcuno fosse vivo."

"Resta qui, Ash. Sanno il fatto loro. Vai a controllare Jane."

"Torno dentro, Fritz. Qualcuno deve guidarli qui."

"Ora sono io quello prudente. Non essere stupido. Sanno tutti dov'è il portale. Aspettiamo."

Un medico uscì dalla stanza dell'ospedale. "Qui non possiamo far niente per lei. Ha bisogno di medici e di un ospedale, ma noi siamo tutti qui. Ha bisogno di sangue. Non abbiamo neanche quello."

"Quindi l'aeroporto non va bene. L'ospedale dei veterani è a circa quaranta minuti da qui. È troppo lontano?"

"Deve chiedere al dottore. Io non lo so. Lo faccio venire qui."

"Signor Russell", disse il dottore, "per avere le migliori possibilità di salvarla dobbiamo fare un'azione veloce. C'è un ospedale qui vicino?"

"A circa dieci minuti da qui. Faremo più velocemente se disponessimo di una sirena e di luci lampeggianti."

Fritz si rivolse a Jim Shaw. "Jim, la porteranno con un Suburban. Puoi fare da scorta davanti a loro? Portatela al Community Hospital. Lo dirò io al colonnello." Guardò il medico per avere una conferma. Disse ad Ashley di andare con lei, aggiungendo che lui e Linda lo avrebbero raggiunto lì più tardi. "Qui ci penso io."

Ashley non sapeva cosa dire. Poco dopo, la barella correva per il corridoio. Il maggiore era ancora incosciente e il suo pallore ricordò a Fritz La Bella Addormentata. Un medico era corso a prendere una macchina. Altri due avevano portato fuori il maggiore. Ashley non riusciva a pensare ad altro che a tenere la porta.

Dopo che furono partiti, Fritz riconobbe il suo nuovo status. Era *lui*, ora, a dirigere l'azione. Irrigidì il collo e la schiena e digrignò i denti. Se avesse mandato i medici in fondo al corridoio ad occuparsi dei coloni, Tony sarebbe stato il suo unico compagno. Se invece i medici fossero rimasti con loro accanto al portale, solo Linda, George e Lois avrebbero prestato assistenza in fondo al corridoio. Chiese a un medico di restare con loro e mandò il resto ad aiutare la folla. Erano le otto passate. Significava che per gli ex ostaggi era notte fonda.

"Cosa faccio adesso?" chiese Fritz, soprattutto a se stesso.

Tony alzò lo sguardo. "Fritz, come si suol dire, 'questa è la tua festa'. Vorrei poterti suggerire qualcosa. Ma conosco sia Mitchell che Burnett di fama. Non litigherei mai con nessuno dei due. Quindi ancora non mi preoccuperei. Credo che abbiano incontrato gli israeliani e stiano inseguendo gli eledoriani fino a Sooksamad."

"Spero che tornino presto. Come va la corrente?"

"Per ora è stabile, ma sta calando. Mi servirebbero un altro paio di generatori, giusto per essere sicuri."

Fritz corrugò la fronte. "Possono essere collegati a delle prese di corrente, invece di funzionare con le batterie? Possiamo usare una prolunga per fornirgli l'energia?"

"Certo. Ne avete una?"

"Tony, questa è una scuola. Ce ne sarà sicuramente una da qualche parte. Solo che non so dove sia. Pensi che potrei lasciare la porta per un minuto?" Il medico disse che andava bene e sollevò la pistola.

"Dammi la tua pistola. Ma sbrigati a tornare", disse Tony.

Fritz corse in fondo al corridoio. Linda lo vide arrivare e gli andò incontro.

"Che succede?"

"Ho bisogno di George. Stiamo esaurendo la corrente. Mi serve una prolunga. Sai dov'è finito?"

"È dietro l'angolo con Lois. Ci siamo divisi in gruppi per cercare di mantenere questa povera gente calma e il più possibile a suo agio. Tutto bene? Che succede?" Fritz disse "dopo" e corse dietro l'angolo.

"George, sai dove possiamo trovare una prolunga?"

"Certo. Sono il preside." Poi, con gran sorpresa di Fritz, George ridacchiò.

"Un'altra battuta? Stai mantenendo la calma mentre qui intorno stanno tutti perdendo la testa?"

"Sarò anche vecchiotto, Fritz, ma ho i miei momenti. Prendiamo la prolunga. Come stiamo andando?"

"Ashley è entrato nel portale. Ha detto che li abbiamo cacciati dall'edificio, ma il maggiore è ferita. Ash l'ha portata in ospedale assieme a dei medici. I soldati sono ancora dentro. Quando Ashley è uscito col maggiore, Jim Shaw ci ha aiutati in corridoio, quindi ora sa tutto. Li ha accompagnati all'ospedale."

"Beh, sei stato impegnato. Eccoci qua." George tirò fuori una prolunga lunga tre metri.

"Hai qualcosa di più lungo, George?"

George andò fino alla parete di fondo e rovistò fra le cose che c'erano su uno scaffale che Fritz non riusciva a vedere. "Eccone una. Sembra molto lunga."

"Le prendo entrambe. Siamo a corto di energia. Ci vediamo."

Fritz tornò alla sua classe. Analizzò il corridoio vuoto e chiese a Tony se fosse cambiato qualcosa, se qualcuno fosse tornato. Tony scosse la testa. Portò le prolunghe nella classe più vicina e collegò l'elettricità ai generatori. *Problema risolto.*

Con l'orologio che procedeva verso le otto e trenta, i nervi di Fritz facevano a gara con quelli di Ashley. Stare in piedi non aiutava a rilassarsi e non offriva alcuna comodità. Ashley aveva una ragione per la sua impazienza. Finché Linda restava coi coloni, era al sicuro. Lui non sapeva in che modo aiutare. Però voleva vedere la scena con i suoi occhi.

"Tony, per te va bene se ti lascio qui solo per qualche minuto?"

"Finché non abbiamo compagnia, io sto bene. Ma sai bene quanto me che saremo nei guai se arriveranno degli ospiti non invitati."

"Sto pensando di andare a dare un'occhiata. Appena oltre la porta."

"Odio rovinarti la festa, ma a cosa servirai là dentro?"

"Non lo so. Forse a niente. Ma non fare niente e sapere ancor di meno mi fa impazzire. Prima riuscivo a vedere oltre il portale attraverso la porta aperta. Ma non ora. Mi chiedo perché."

"Fritz, fidati di me. Questi ragazzi sanno ciò che fanno. Quando termineranno la loro missione, torneranno. Non rendere la loro serata più difficile. Non c'è bisogno che tu diventi una statistica. O un ostaggio. Il portale è un'altra storia per un altro giorno."

"Grazie, Tony." Fece un respiro profondo, espirò e roteò le spalle.

"Sono d'accordo, signor Russell", disse il medico. "Se avessero bisogno di noi, qualcuno sarebbe tornato."

"Non mi piace non sapere cosa succede", disse Fritz.

"Non abbiamo avuto modo di parlare di come hai scoperto il portale", disse Tony. "Io ho un sacco di domande."

"Anch'io. Sto ancora imparando come funziona. Come sapete, ho beccato una fortissima scossa quando un fulmine ha colpito la scuola lo scorso aprile. Ashley ed io giocavamo a basket, quando è iniziata la tempesta. Un paio di settimane dopo, sono entrato in classe e ho conosciuto Robert E. Lee ad Appomattox. Un paio d'ore di lezione più tardi, un'altra classe ha assistito all'incendio del Triangle a Manhattan, nel 1911. Alla fine della giornata, George ed io abbiamo incontrato il presidente. Il resto lo sai."

Il medico ascoltava. "Ha conosciuto Robert E. Lee?"

"Come ti chiami, soldato?" chiese Fritz.

"Ferris, Signore. Joel."

"Beh, Tenente Ferris, giusto?" Ferris annuì. "L'ho incontrato ad aprile, e sono stato da lui un paio di volte questa settimana. Ti direi di più, ma non so cosa mi è permesso dire. Sai già che il portale è top secret."

Il medico annuì di nuovo e disse: "Dev'essere emozionante."

"E il collegamento elettrico?" chiese Tony.

"Ogni volta che si è aperto, ho preso una scossa dalla maniglia della porta. Quel giorno c'era stata una forte tempesta. Infine abbiamo capito che c'è una connessione tra la chiave della mia scrivania, il fulmine, la maniglia e le graffette nei libri sulla mia scrivania.

"Chiavi e fulmini, Ben Franklin."

"Sì. L'ho capito dopo aver visto una banconota da cento dollari. Il presidente l'ha capito più o meno nello stesso momento."

"Mi scusi, signor Russell, ma ha conosciuto anche il presidente?" Gli occhi del giovane soldato erano spalancati, aveva una specie di sguardo stordito.

"Tenente, ciò che succede a Riverboro, resta a Riverboro. Potresti incontrarlo, prima che tutto questo finisca."

"Sì, Signore."

Tony disse: "Conosco la maggior parte della storia da quando abbiamo indagato per la prima volta. Mi stupisce ancora. L'hai usato durante l'estate?"

"No. Ma ho pensato al suo funzionamento. Parecchio. Ciò che mi affascina è l'apparente spostamento del tempo. Quando sono andato da Lee la settimana scorsa, mi ha detto che erano passati solo due giorni dalla mia ultima visita. Qui, però, erano passati più di due mesi. E quando l'abbiamo incontrato la prima volta, uno dei miei ragazzi aveva un libro di testo da cui erano scomparse le scritte. Quando ce ne siamo andati, le scritte erano tornate. Stasera abbiamo scoperto che la porta aperta consuma energia."

"E abbiamo trovato quelle immagini nella tua classe. Impronte elettriche lasciate da te e dai tuoi studenti: l'incendio del Triangle e Robert E. Lee. È stato fantastico. Fritz, questo portale avrà anche degli usi pratici, ma è una meraviglia scientifica. Mi piacerebbe fare degli esperimenti con te, se non ti spiace."

"Tony, dopo questa settimana, non sono sicuro di voler avere niente a che fare con questa storia. Beh, non è proprio vero, ma di certo non è una bella cosa. D'altro canto, osservandolo come storico, è una vera tentazione."

Dietro di loro si udì un solo suono: "Wow."

CAPITOLO SEDICI

LA PORTA DELLA CLASSE si aprì prima che Tony potesse rispondere. La attraversarono due soldati, uno dei quali sosteneva l'altro. "Medico!" urlò Fritz. Mentre Ferris attraversava il corridoio e un medico correva verso di loro, arrivò il colonnello Mitchell notevolmente provato. Incerto sulle sue condizioni, Fritz gli andò incontro per sorreggerlo.

"Sto bene, signor Russell. Ma c'è un casino da sistemare. Abbiamo bisogno di strutture mediche, molto più di quanto pensassimo."

"Colonnello, può chiamare l'aeroporto? Qualcuno lì ci può aiutare?"

"Sì e no. Tutti i medici e i paramedici sono qui, oppure lo erano. Mi dia un secondo e me ne occuperò io." Fritz andò con lui nella classe di Ashley. Il colonnello si sedette sulla sedia più vicina. "Signor Russell, ha qualcosa da bere?"

"Le procuro qualcosa. Potremmo anche aprire la mensa. Chiederò a George." Ancora una volta, Fritz corse lungo il corridoio. Voci ovattate e pianti sommessi riempivano i corridoi. Linda lo aspettò in fondo al corridoio.

"Stanno tornando", disse lui. "Dobbiamo aprire la mensa. Magari anche qualche distributore di bibite."

"Stai bene?" chiese Linda.

"Sto bene, ora che è finita. Quando saranno usciti, potremo mandare queste persone a casa." La folla era sparsa lungo tutto il corridoio e dietro l'angolo, fin quasi all'ufficio.

"Sai dove li manderai?"

"Non ne sono sicuro. Credo che la destinazione sia arrivata sul tuo computer, ma ci vorrà ancora un po'. Vado a prendere George. Potremmo aver bisogno di qualche punto di ristoro." Fritz trovò George, gli spiegò la situazione e, insieme, superarono la folla di persone stanche e confuse e si diressero alla mensa. La maggior parte dei coloni erano seduti sul pavimento. Alcuni si alzarono e guardarono Fritz e George correre via. "George, appena avremo liberato il portale, saremo in grado di riportare a casa questa gente. Fino ad allora, però, potrebbero aver bisogno dei bagni e di qualcosa da bere. Per quanto non mi piaccia rivelare troppo, potrebbe essere una buona idea far venire qui dei soldati israeliani perché ci aiutino a prendercene cura."

"Me ne occuperò io, Fritz. Se dei soldati potranno aiutarmi, mandameli, ok?"

"Grazie, George. Per ora prenderò un po' di bottiglie d'acqua. Dovresti aprire le macchinette delle bibite, se puoi."

"Certo che posso. Sono il preside." Con uno sguardo divertito che Fritz aveva visto raramente, George disse: "Ora vai e mandami qualche aiuto."

Quando Fritz tornò nella classe di Ashley, il colonnello gli posò il telefono sull'orecchio. Fritz gli passò una bottiglia. Quando la chiamata si concluse, il colonnello disse: "Grazie, signor Russell. Stanno già arrivando. Il maggiore li ha chiamati venti minuti fa. Lei è ferita. La ferita di ieri sera si è riaperta. La maggior parte del sangue che aveva addosso veniva da lì."

"Colonnello, cosa vuole che faccia?"

"Diriga il traffico. Alcuni di loro se la sono passata brutta. Gli eledoriani non hanno ceduto molto terreno. Grazie al cielo sono intervenuti gli israeliani. Però non sapevano di noi, quindi abbiamo passato un bel po' di tempo a mettere a posto quel casino. Faccia preparare i medici e gli faccia portare qui i feriti."

"Colonnello, la mensa è aperta. George ha bisogno di aiuto per dare da bere ai coloni, penso che se portassimo qui qualche israeliano potrebbe essere d'aiuto."

Dalla porta, il colonnello disse: "Me ne occuperò io. Capitano Dolan, abbiamo due cose da fare. Per prima cosa, mandi degli uomini alla mensa ad aiutare il signor McAllister. Poi torni dentro, trovi un ufficiale israeliano e lo porti da me."

"Sì, Signore."

"Le serve qualcosa, Colonnello?" chiese Fritz.

"No. Fra poco sarà tutto finito. Sistemate le cose meglio che potete. Ho bisogno di un minuto per pensare."

Fritz andò in corridoio mentre arrivava un nuovo gruppo di autobus, guidato da un'auto della polizia. Gli autobus vennero scaricati e Jim Shaw entrò nella scuola. "Signor R, può dirmi ..." Fritz lo fermò.

"Jim, devo predisporre l'ospedale. È quello che stanno scaricando. Ne parleremo dopo."

"Dove vuole che li mandi?" chiese Jim.

"Lì", disse, indicando la classe di Sandy.

Jim diresse i primi uomini che entravano e uscivano. Fritz tornò alla porta della sua classe e la tenne aperta. Mentre le squadre tornavano, notò che c'erano un bel po' di feriti e chiamò i medici. Poi squillò il suo telefono.

"Salve, Signor Presidente."

"Fritz, che succede? Non ho più notizie."

"Qui ora c'è movimento. I nostri ragazzi stanno iniziando a tornare. Il colonnello Mitchell è arrivato cinque minuti fa. Il maggiore è di nuovo ferita."

"Sono entrati entrambi? Chi coordinava le attività?"

"Io, credo. Ashley è andato in ospedale col maggiore. George, Lois e Linda si stanno occupando degli israeliani. Il colonnello Mitchell può dirle cos'è successo. Vuole parlargli?"

"Sì. Fritz, appena puoi, vieni a prendermi."

"Certo, Signor Presidente. Ma non so fra quanto potrò. Aspetti un attimo." Chiamò di nuovo degli aiuti e riprese la chiamata. Fritz disse che non voleva chiudere il portale finché non fossero tornati tutti. Disse anche di aver suggerito di portare alcuni soldati israeliani per aiutare i civili portati in salvo.

"Mi piace l'idea. Piacerà anche al primo ministro. Fammi parlare col colonnello, Fritz."

Mentre altri americani e coloni israeliani che avevano partecipato alla battaglia entravano dal portale, il capitano Dolan tornò con una dozzina di soldati israeliani, la metà dei quali erano donne. Fritz le guardò, mentre fissavano ciò che le circondava e si guardavano a vicenda. Dolan presentò Fritz al Colonnello Ben Ami, alto, abbronzato e sporco.

"Colonnello, chiederebbe ai suoi soldati di andare ad occuparsi dei vostri civili?" chiese Fritz. "Sono laggiù. Poi dovrebbe venire con me dal Colonnello Mitchell." L'ufficiale israeliano guardò Fritz, poi guardò avanti e indietro per il corridoio. Fritz notò il suo rapido cambiamento di espressione. "Da questa parte, Colonnello."

Mitchell smise di parlare col presidente. "Vuole parlare con lei, signor Russell. Ha detto di chiamarlo quando le cose si saranno calmate."

"Colonnello Mitchell, le presento il Colonnello Ben Ami", disse Fritz. "Ha bisogno di qualcosa?"

"Niente per me. Porti dell'acqua per il colonnello, per favore."

Fritz trovò la bottiglietta d'acqua extra che aveva portato prima, la diede all'ufficiale israeliano e tornò nel corridoio. Ora che il caos intorno a lui era sotto controllo, Tony leggeva un libro, restando ancora seduto sul pavimento.

"Tony, cosa stai leggendo?" Fritz si avvicinò.

"Uno dei tuoi libri sulla Guerra Civile. L'ho preso prima di cominciare. Spero che non ti dispiaccia."

"No, va bene. Vuoi qualcos'altro?"

"Sì, una sedia. Mi fa male il sedere. E un po' d'acqua."

Fritz prese una sedia dalla classe di Ashley, che si stava riempiendo di soldati di ritorno e nuovi arrivati, e una bottiglia d'acqua. Dall'estremità del corridoio arrivarono degli altri soldati che portavano

scatoloni pieni di panini. Indicò al primo la classe di Ashley. *Che altro?*
Oh, sì. Il bagno.

"Chiunque voglia usare il bagno, mi segua." Per evitare la folla, li
portò ai bagni del secondo piano e chiese loro se potessero occuparsi
del traffico verso i bagni da quel momento in poi. Quando tornò alla
sua classe, il corridoio era pieno di truppe di ritorno, sporche e
sudate. Guardò nella classe di Sandy, che ora era affollata. *Vorrei che
Ash fosse qui. Mi servirebbe una mano.* Chiese dalla porta: "Vi serve
qualcosa?"

"Signore, ci servirebbero delle bottiglie d'acqua", disse uno dei
medici. Vedendo il numero di persone in quell'aula, Fritz fermò un
soldato che portava una cassa d'acqua e lo mandò dentro. Andò fino
all'estremità del corridoio e vide Jim Shaw che dirigeva il traffico delle
persone e le faceva entrare. Guardò all'estremità opposta del corridoio e vide Linda, ancora impegnata ad aiutare i coloni. *Avrebbe dovuto
sedersi.*

"Lin, dovresti sederti. Stai bene?"

"Sono un po' stanca. Quando li riporterai indietro?"

"Il capitano Burnett non è tornato. Non so cosa ci sia ancora da
fare dall'altra parte. Non ho parlato neanche col colonnello. I soldati
israeliani vi stanno aiutando?"

"Averli qui ha reso tutto molto più facile. L'ansia dei coloni sta
calando."

"Perché non vieni nella classe di Ash a sederti un po'? Parlerò io a
Mitchell."

Linda disse che sarebbe andata subito, ma anche Lois aveva
bisogno di una pausa. Lui disse che sarebbe andato a prendere Lois e
poi la avrebbe raggiunta. Linda annuì e iniziò ad andare.

"George è ancora alla mensa?" chiese Lois.

"Credo di sì. Non lo vedo da quando l'ha aperta."

"Fritz, vado ad aiutarlo. È tutto finito?"

"Non sono tornati tutti, Lois. Non capisco cosa stia succedendo
all'interno del portale. Ora vado a parlare col colonnello. Ci vediamo
dopo."

I soldati stavano ancora entrando e uscendo dalla porta della sua classe. Tony li ignorava e rimaneva seduto, ma ora era su una sedia. Ringraziò Fritz e si massaggiò il sedere. Un nuovo gruppo di soldati arrivò con dell'altro cibo e dell'acqua. Fritz assimilò il nuovo cambiamento dell'ambiente. Se prima era tranquillo, ora c'era molta attività. "Fantastico", disse. Quando entrò, trovò Linda col colonnello Mitchell.

Lei disse: "Il Colonnello Mitchell mi ha accennato ciò che è successo." Sulle guance erano visibili delle tracce delle lacrime che aveva agli occhi. "Gli eledoriani si sono accampati intorno al centro ricreativo, ma non si aspettavano che fossimo dentro. Quando sono entrati, hanno sparato parecchio."

Il colonnello continuò il racconto. "Poi abbiamo combattuto corpo a corpo. Sono saliti e hanno quasi raggiunto il portale. Il maggiore e il capitano Burnett erano dall'altro lato della balconata e hanno iniziato a sparare. Sembrava che le avessero scaricato addosso un intero caricatore; l'impatto l'ha proiettata contro il muro e ha sbattuto la testa. Il capitano li ha tenuti a bada finché si sono ritirati al piano inferiore. Poi li ha seguiti. Ma non è tornato."

"Ne mancano all'appello ancora una trentina", disse Linda

Fritz si rivolse al colonnello Mitchell. "Signore, ha intenzione di rientrare? Laggiù farà luce fra non molto. Pensa che i ragazzi là dentro abbiano bisogno di aiuto?"

"C'è qualcosa che non mi quadra." Lo sguardo del colonnello distrasse Fritz da tutte le attività circostanti.

"In che senso, Colonnello?"

"Devo pensare a ciò che è successo, signor Russell. Ho visto il loro esercito regolare. Quei tizi non avevano l'aspetto di soldati." La sua attenzione ritorno al presente. "Ma ora abbiamo del lavoro da fare. Scusate. Dobbiamo assicurarci che gli eledoriani non possano usare il centro ricreativo come copertura. Non abbiamo riserve o provviste e non ho idea di dove siano gli israeliani. Il colonnello Ben Ami dice che presto dovrà tornare, ma lascerà alcuni dei suoi uomini per aiutare i coloni. Torneremo dentro fra cinque minuti." Si alzò e parlò alla quarantina di soldati che erano lì nella classe, dicendo loro di prepararsi a rientrare.

"Colonnello", chiese uno degli uomini, "abbiamo qualche caricatore in più? La maggior parte di noi è a corto di munizioni o le ha finite."

Fritz disse: "Colonnello, credo che i nuovi ragazzi ne abbiano portato un po', assieme al cibo e all'acqua."

"Vai a vedere", disse il colonnello Mitchell. "Dopo, mettetevi tutti in fila nel corridoio. Signor Russell, sa dov'è il colonnello Ben Ami?"

"Credo che sia in fondo al corridoio. Gli dirò che lo vuole."

"Gli dica che ci stiamo preparando ad entrare."

Nell'altro corridoio, le cose cominciarono ad apparire più ordinate. La paura era stata sostituita da facce calme e chiacchiere più serene. Fritz trovò l'ufficiale israeliano, trasmise il messaggio e andò alla mensa a controllare George. *Mi farebbe comodo l'aiuto di Ash.* George e Lois rimasero nella mensa a dare da bere ai soldati e ai coloni. Fritz li aggiornò sulla situazione. Poi chiese: "Siete a posto? Vi serve altro aiuto?"

"Ora siamo a posto, Fritz", disse Lois. "Il caos è terminato quando sono arrivati i soldati israeliani. Ora è gestibile."

George disse: "Vai a terminare il lavoro, Fritz. Facci sapere quando i coloni inizieranno ad andarsene. Come sta Linda?"

"È seduta nella classe di Ashley. Dice di star bene."

Lois disse: "Vai. Metti fine a questa storia."

Fritz tornò e il colonnello entrò nel corridoio, pronto ad andare. Si avvicinò alla porta, aspettò il cenno di Tony e toccò la maniglia. Quando il portale si fu riavviato, Fritz sentì dei leggeri scoppiettii intermittenti, man mano che i soldati ci entravano. Quando chiuse la porta, si pentì di non essersi affacciato a guardare.

"Ora aspettiamo ancora", disse a Tony. Linda era uscita dalla classe. Fritz le fece cenno di avvicinarsi e le prese la mano.

"Sono felice che tu stia bene, Fritz. Ma spero che questo finisca presto", disse lei, a voce abbastanza bassa da non farsi sentire da Tony.

"Già, soprattutto perché ora è tutto alla luce del sole. Il presidente vuole venire qui stasera."

Passarono solo pochi minuti prima che il colonnello Mitchell ritornasse. Solo.

"È tutto finito, Colonnello?" chiese Fritz.

"Stiamo solo facendo le pulizie. È difficile capire, almeno finché tornerà la luce del giorno, se gli eledoriani se ne sono andati. I nostri uomini e gli israeliani hanno il controllo del centro ricreativo e gli israeliani stanno ispezionando porta a porta il villaggio."

"Ci sono tutti?"

Mitchell esitò. "Ne abbiamo persi alcuni stasera. Compreso il Capitano Burnett." Le lacrime gli rigavano le guance. "Conoscevo Jerry da vent'anni. È sempre così difficile. Ne saprò di più quando torneranno gli altri."

"Mi dispiace per la sua perdita, Colonnello." La gola e il petto di Fritz si inaridirono. Linda tirò su con il naso. "Colonnello, avete qualche protocollo per quando lo tireranno fuori? Non vorrei sembrare insensibile. Semplicemente non lo so."

Il colonnello mise una mano ferma sulla spalla di Fritz e lo guardò negli occhi. "Signor Russell, stasera abbiamo salvato molte vite grazie a lei. Tutte quelle persone", indicò in fondo al corridoio, "sarebbero già morte. O peggio." Si passò la manica sugli occhi. "È questo che facciamo. È questo che lei deve insegnare." Si asciugò gli occhi. "Devo dare un'occhiata ai feriti. Scusatemi."

Fritz guardò Linda, che aveva il viso rigato di lacrime. La abbracciò, i suoi occhi si inumidirono e sentì un vuoto che non aveva mai conosciuto prima. Lui, loro, facevano parte di quella squadra.

La porta si riaprì e Fritz la tenne aperta. Gli ultimi uomini stavano ritornando, alcuni con delle barelle, altri con le braccia appese alle spalle, in una solenne parata. Gli ultimi a rientrare, guidati dal capitano Dolan, portavano la barella si cui giaceva il capitano Burnett. Le lacrime colavano sui volti dei barellieri. Altri li seguirono con gli altri morti.

Fritz andò verso il colonnello Mitchell. Prima che potesse dire qualcosa, il colonnello gridò "At-tenti" e fece il saluto mentre passava la barella, diretta alla stanza dell'ospedale. Tutti si misero sull'attenti e fecero il saluto.

CAPITOLO DICIASSETTE

"COLONNELLO", CHIESE FRITZ, "dovremmo rimandare indietro i soldati israeliani, adesso?"

"No. Staranno coi coloni e poi torneranno tutti insieme."

"Quindi la prima parte è finita?"

"Sì."

"Il Presidente vuole venire. Mi ha chiesto di andare a prenderlo. Va bene?"

Il colonnello inalò e poi esalò, esprimendo la sua tristezza. "Sì. Può mostrarmi come funziona?"

"Certo. Venga con me."

Fritz avvisò Tony che il presidente sarebbe stato il loro ospite successivo. Entrò in classe, trovò l'opuscolo della Casa Bianca e ci mise una graffetta. Il colonnello osservò Fritz togliere la planimetria dalla scrivania e sostituirla con l'opuscolo. "Colonnello, c'è una sorta di connessione fra la mia scrivania e la maniglia della porta. Metto qualcosa qui e torno fuori. Se ricevo una scossa quando tocco la maniglia, il portale si apre. Prima avevo bisogno di un temporale. Tony ha predisposto tutto per farmi avere quella scossa. Qualcosa non ha funzionato, un minuto fa. Devo pensarci." Uscirono dalla stanza. Fritz mise la mano in tasca e prese il telefono.

"Signor Presidente, è nel suo ufficio?"

"Sono qui. È finita?"

"Arrivo subito." Fritz riattaccò, afferrò la maniglia e la tirò, poi lui e il colonnello entrarono. Il presidente andò verso la porta, seguito da James. Fritz e James si scambiarono dei cenni di saluto. Entrarono tutti in corridoio. Tutti i soldati si alzarono e fecero il saluto. Il loro comandante in capo restituì il saluto.

"Riposo, signori", disse, in direzione del corridoio. "Colonnello, c'è un posto dove possiamo parlare?"

"Usi la mia classe, Signor Presidente."

"Colonnello, Fritz, venite. Ciao, Linda, vieni anche tu." Linda e James si scambiarono un saluto. Si sedettero tutti, tranne Fritz che liberò la sua scrivania. Il colonnello disse al presidente tutto ciò che era successo. Tre dei suoi uomini erano stati uccisi e più di una dozzina erano feriti, inclusa il maggiore. Disse di non avere un conteggio degli eledoriani, ma non erano ancora state riportate delle vittime israeliane.

"Fritz, vi ho mandato un'altra mappa qualche minuto fa. Il primo ministro vuole venire e accompagnare la sua gente al rientro. Puoi farlo?"

Linda disse: "Prendo il mio computer e stampo la mappa." Poco dopo la diede a Fritz, che aveva già una graffetta in mano.

"Signor Presidente, dove si trova?"

"Lo chiamo e lo faccio preparare. Poi andrò io a prenderlo."

Fece la chiamata, identificarono la posizione e uscirono tutti dall'aula. Fritz girò la maniglia e il portale si aprì sulla residenza del primo ministro. Il presidente passò. James lo seguì. Fritz vide il soffitto alto, un'ampia scala e il pavimento in pietra del grande ingresso. "Tony, riesco a vedere l'interno." Poco dopo, tornarono con un uomo alto coi capelli mossi, sale e pepe, una caratteristica che piaceva ai vignettisti. Aveva una figura longilinea, ma sotto il cappotto la camicia delineava una corporatura solida. Svoltando a destra, proseguirono lungo il corridoio e i coloni, stanchi e inquieti, salutarono il loro capo con degli applausi. Lui annunciò che sarebbero tornati molto presto in un luogo sicuro. Il loro sollievo si irradiò fra le lacrime e gli applausi. Mentre il primo ministro si mischiava tra la folla, il presidente raggiunse Fritz e Linda accanto alla porta. Il colonnello Mitchell si unì a loro.

"Ti devo un grosso favore, Fritz", disse il presidente.

"Molti civili hanno aiutato, Signor Presidente. Ashley è ancora in ospedale col maggiore. George e Lois sono in mensa da più di un'ora. Hanno distribuito da bere e mantenuto l'ordine. Dovrei andare a prenderli. Sono sicuro che il Colonnello Mitchell le voglia parlarle." Prese Linda per mano e lasciò i due uomini alla loro discussione privata.

Avevano appena raggiunto la mensa, quando Ashley girò l'angolo con un aspetto meno allegro del solito. Jim Shaw era con lui.

"Ciao, amico. Tutto bene?" chiese Fritz.

"Jane sta riposando. Le hanno dato del sangue e l'hanno ricucita. Fritz, è una donna forte e fortunata. Mi sono fatto dare un passaggio dai medici per tornare. Hanno pensato di potersi rendere più utili qui. Quindi, che succede?"

"Ti aggiornerò dopo. Dovremo cominciare a rimettere a posto le cose. George, di quanta pulizia avrà bisogno la mensa?"

George disse: "Non molta. Solo un po'. E bisognerà portare fuori la spazzatura."

"Forse il colonnello Mitchell ci presterà nuovamente un po' di manodopera. Dovranno tornare anche gli imbianchini."

"Uno di questi giorni, tinteggeremo anche il resto di questo posto. Potrebbero dargli tre mani di vernice, tanto per portarci avanti." George rise di nuovo.

"Tre volte in una sera, George. Penso che il portale stia cambiando la tua personalità."

"Signor Russell", disse Jim Shaw, "vuole dirmi di cosa si tratta?" Raggiunsero la classe di Fritz. Tony si alzò e si stiracchiò. Il presidente e il colonnello smisero di parlare quando loro aprirono la porta.

Fritz disse: "Scusateci. Signor Presidente, ricorda l'Agente Shaw." Il presidente lo salutò e gli strinse la mano. "Mi ha chiesto di dirgli di cosa si tratta. Va bene?"

"Signor Shaw, glielo diremo, ma lei deve accettarne la segretezza. È una faccenda top secret."

"Sì, Signore."

Qualcuno bussò alla porta, interrompendo il presidente. Dalla finestrella della porta, videro la faccia del tenente Ferris che guardava Fritz. Fritz gli fece cenno di entrare. "Signor Presidente, lui è un medico."

Il colonnello chiese: "Cosa c'è, Tenente?"

"Scusi il disturbo, Signore. Il dottore ha chiesto se dobbiamo iniziare a spostare i feriti."

"No, a meno che ci siano dei pazienti in condizioni critiche. Se è così, occupatevene subito."

"Sì, Signore." Ferris guardò il presidente, poi Fritz.

"Signor Presidente, mi permetta di presentarle Joel Ferris. È rimasto con me e Tony a proteggere il portale da visitatori sgraditi. Ora è a conoscenza di alcuni dei viaggi che abbiamo fatto."

Il presidente gli tese la mano. "Tenente, lei ha già l'autorizzazione di sicurezza, ma voglio ricordarglielo, il portale e tutto ciò che lo riguarda sono top secret."

Guardando la mano del presidente, Ferris si mise sull'attenti e gli fece il saluto. "Sì, Signore." Quando il presidente restituì il saluto, tese di nuovo la mano e Ferris gliela strinse. Poi guardò il colonnello e salutò di nuovo. "Scusi, Colonnello. Vado."

"Grazie per il suo servizio, Tenente." Il commento del presidente fece apparire un gran sorriso sul viso del tenente, mentre usciva dalla classe.

"Dove eravamo rimasti? Ah, sì, Signor Shaw. Ho dato a Fritz il permesso di dirglielo. Ma non ora. Dobbiamo completare alcune cose, stasera. Se volete scusarmi, devo parlare col primo ministro." Il presidente uscì con James. Gli altri rimasero lì per un momento. Fritz doveva predisporre il ritorno dei coloni, quindi andarono tutti a sedersi nella classe di Ashley.

Fritz disse: "Colonnello, so che è stata una serata difficile, ma ci servirebbe una mano con le pulizie. Il signor McAllister vorrebbe chiudere la mensa."

"Nessun problema. Ho anche chiamato la squadra delle riparazioni. Sono fuori." Guardò Jim, ancora perplesso, e disse: "Così, giovanotto, vuoi saperne di più. Hai appena assistito a dei viaggi nel tempo e nello spazio. Siamo partiti da qui e abbiamo salvato quasi cinquecento persone in Israele, abbiamo attaccato gli invasori eledoriani nel Golan e li abbiamo cacciati via. Ora rimanderemo a casa le persone che abbiamo salvato. Passeranno dalla porta della classe."

Jim non sembrava stupito. Chiese solo: "Come funziona?"

Fritz disse: "È una storia troppo lunga da raccontare ora, Jim. Quando le cose si calmeranno, ti dirò di più . E potrai vederlo in funzione quando rimanderemo gli israeliani a casa."

La porta si aprì ed entrarono il presidente, James, e il primo ministro. Il colonnello Mitchell si alzò. "Seduti. Colonnello, Fritz, vorrei presentarvi il primo ministro." Si strinsero la mano. Il presidente presentò anche gli altri. "Ho parlato del portale al primo ministro e di come abbiamo svolto la missione di ieri sera. I suoi soldati e gli ex ostaggi saranno informati della necessità di mantenere la segretezza non appena torneranno a casa. Ha detto che non è mai stato nel Nord Dakota."

Lois diede una spallata a George, quando notò che stava per dire qualcosa. Pur essendo spesso socievole, il primo ministro era rimasto molto silenzioso. Chiese: "Mi spiegherà come funziona, prima o poi? Solo per mia informazione, ovviamente."

Fritz guardò il presidente, che annuì leggermente. "Certamente, Signore. Sono sicuro che il presidente possa organizzare un incontro, quando potremo."

"Meraviglioso. Non vedo l'ora. Spero anche di scoprire come una scuola del New Jersey possa anche trovarsi nel Nord Dakota." Il primo ministro sorrise, notando gli occhi spalancati di Fritz. "Ho visto la vostra bacheca dei trofei."

Sebbene si stesse prendendo gioco di lui benevolmente, Fritz si strinse nelle spalle e disse: "Credo che questo spieghi come mai lei diriga un governo."

"Signor Russell, vivo nella zona più instabile del mondo. Stare all'erta è il mio lavoro. Ma apprezzerei comunque la tua storia.

Dev'essere affascinante. Ora, però, devo riportare la mia gente a casa."

"Certo, signore. Io sono pronto. Mi dica solo quando."

"Quando."

Fritz li lasciò e andò nella sua classe. Tony sembrava annoiato. "Pronto?" chiese Fritz.

"Molto. Appena lo attiveremo, potrò andare in bagno."

"Giusta osservazione. Penso che il primo ministro sarà pronto a momenti."

Quando Fritz uscì, il primo ministro guardò il primo degli ostaggi liberati che si dirigeva verso la porta. Gli avevano detto che sarebbero andati in un campo aperto, sarebbero stati verificati da una squadra medica, nutriti e poi portati a casa, dopo che l'esercito avesse messo in sicurezza l'area.

Fritz aprì la porta e la processione ebbe inizio. Disposti in un'unica fila procedettero lentamente, mentre il leader israeliano abbracciava ogni singola persona. Fritz rimase a guardare per qualche minuto. Sebbene fossero stanchi, i coloni sapevano di essere al sicuro. Colmi di gratitudine, alcuni di loro ringraziarono Fritz o gli strinsero la mano. Il sollievo di tornare a casa oscurò lo shock di essere finiti in una scuola degli Stati Uniti. Il presidente si era spostato in un'altra classe col colonnello Mitchell. Linda, Ashley, George e Lois andavano e venivano. Di tanto in tanto, il presidente tirava fuori la testa per vedere come stessero andando le cose e una volta roteò gli occhi, con uno sguardo che Fritz immaginò potesse significare "quanto ci mettono?" Ci volle più di un'ora per trasferire tutti gli israeliani.

Prima di andarsene, il primo ministro ringraziò il presidente per il suo aiuto e la sua disponibilità a fargli conoscere le nuove tecnologie americane. Si rivolse a Fritz e disse: "La ringraziamo, signor Russell, non vedo l'ora di parlare di nuovo con lei. Magari in quell'occasione potrà dirmi com'è arrivato a Naria." Strinse la mano ai presenti e poi scomparve attraverso il portale. Fritz chiuse la porta.

"Pensavo che non se ne sarebbe mai andato", disse il presidente. "Avrebbe potuto abbracciarli tutti dall'altra parte. Lo faranno felice al momento delle elezioni."

"Signor Presidente", disse Fritz. "Ora tutto il mondo saprà del portale. I nostri uomini, l'esercito israeliano, i coloni. Come farà a tenerlo nascosto, adesso?"

"Hai ragione e mi dispiace, Fritz. Davvero. Ma è un soldato decorato. Abbiamo parlato della necessità di non divulgarlo. Comprende perché gli abbiamo raccontato la bugia del Nord Dakota. Abbiamo elaborato una storia per la sua gente. Le sue truppe sono ben disciplinate." Prese un profondo respiro. "Gli eledoriani non ne avranno idea. Chi gli crederebbe? Ora vorrei visitare i feriti. E ho ancora un paio di cose da dire al colonnello Mitchell."

"Mi faccia sapere quando vuole un passaggio alla Casa Bianca. Vado a pulire. Domattina ho lezione." Il presidente afferrò il messaggio.

Quando il presidente entrò nella classe adibita a ospedale, George disse: "Dobbiamo verificare se le cose stanno tornando alla normalità." Lui e Lois andarono verso la mensa. I soldati entravano e uscivano, oppure preparavano la loro roba. Le borse e le casse di legno riempite con le restanti scorte cominciarono ad accumularsi accanto alla porta d'ingresso.

"Beh, abbiamo quasi finito. Lin, vuoi andare a casa? Ash può accompagnarti." Sembrava stanca e un po' pallida, ma scosse la testa. "Jim, devi andare ad occuparti del traffico?" chiese Fritz.

"Non ancora, signor R, quando inizieranno a caricare, uscirò. Indovini un po'?" Aveva attirato la loro attenzione. "Il signor Williams mi ha chiesto se mi potrebbe interessare fare domanda per i servizi segreti. Ha detto che mi avrebbe aiutato."

"Non è un lavoro in cui si timbra un cartellino, ma ti auguro buona fortuna, Jim, se è quello che vuoi."

"Grazie, signor R. Quando mi dirà come funziona?"

"Non stasera", disse Linda.

"Lasciami scoprire cosa posso dirti. Devo parlare col presidente. Sono sicuro che gli parlerò nei prossimi giorni. Perché non passi dopo la scuola la prossima settimana? Di solito sono qui per circa un'ora, dopo le lezioni."

Lois e George tornarono a passo lento. Ad ogni passo, la faccia di

George diceva che avrebbe raccontato una storia epica. Quando arrivarono da loro, disse: "I soldati hanno ripulito tutto. Hanno anche portato fuori la spazzatura e spazzato i corridoi. Meno lavoro per i ragazzi delle pulizie." Poi guardò il muro e scosse la testa. "Spero che gli imbianchini siano capaci di abbinare i colori." Rise di nuovo e tutti si unirono a lui.

Fritz disse: "Ash, ti sei perso il dramma che si è svolto da queste parti, ma penso che il portale abbia cambiato la personalità di George. Davvero."

"È fantastico", disse Ashley. "George, Posso avere un aumento?" La loro allegria si ingrossò come una spugna immersa in acqua.

Il presidente lasciò la stanza adibita ad ospedale; era accigliato e si mordeva il labbro inferiore. Si schiarì la gola. La cosa non gli fu d'aiuto. Invece dei toni limpidi che avevano ascoltato per sei anni, con una voce roca, aspra e spezzata, disse: "Non mi piace questa parte del mio lavoro." Sospirò. "Grazie ancora a tutti. Ora tornerò indietro. Fra non molto il colonnello Mitchell farà sgomberare tutto. Le ambulanze torneranno dall'aeroporto. Signor Shaw, per favore, si assicuri che non arrivino dei visitatori indesiderati, inclusi i suoi colleghi della Polizia. Ashley, Jane verrà portata all'aeroporto e sarà ricoverata all'Ospedale Navale di Bethesda. Le squadre di pulizia e riparazione sono in attesa. Fritz, devo fare del lavoro a casa, ma mi farò sentire. Andiamo, ora. Grazie, Tony."

Fritz organizzò il viaggio verso lo Studio Ovale e tornò in corridoio. Chiese al presidente: "Dov'è Tom stasera?"

"È in Europa con una squadra. Stiamo organizzando una conferenza, probabilmente a Bruxelles, quindi stanno predisponendo le misure di sicurezza."

"Gli dica che lo salutiamo." Il presidente strinse la mano a tutti e lo stesso fece James. Fritz aprì il portale e loro ci entrarono.

Mentre aspettavano le ambulanze che dovevano arrivare entro cinque minuti, i medici portarono fuori i soldati che potevano camminare, poi sistemarono le barelle accanto alla porta. Pronte ad uscire, le squadre si allinearono in corridoio. I medici portarono fuori per ultimi il capitano Burnett e altri due soldati. Mentre percorrevano il corridoio silenzioso, ogni uomo si mise sull'attenti e fece il saluto. Quando le ambulanze se ne andarono, Jim Shaw fece avvicinare la processione degli autobus alla porta. Gli uomini e le attrezzature uscirono senza alcun movimento sprecato. La scuola si svuotò in meno di dieci minuti. L'ultimo ad andarsene, il colonnello Mitchell, strinse la mano a tutti i civili e li ringraziò. Quando aprì la porta per andarsene, disse: "Spero di non rivedervi presto."

Mentre entrava la squadra delle pulizie, George disse: "Tom non c'è. Chi chiuderà?"

"È lei il signor McAllister?" disse un tipo che aveva sentito il commento.

"Sono io."

"Tom Andrews ci ha mostrato ciò che dobbiamo fare. Ci pensiamo noi."

"Bene …" George esitò. "Non saprei."

"George, andrà tutto bene", disse Lois, accarezzandogli il braccio. "È andata bene le altre due volte, no? Andiamo a casa e lasciamo che se ne occupino loro."

"Ok", disse George. "Andiamo a casa!"

"È tardi", disse Ashley. "Se avessi saputo che lo avremmo fatto di nuovo, avrei fatto un pisolino durante la sesta ora."

"Penso che stasera tu debba andare a casa e restare lì", disse Linda.

"Lin, voglio parlare un attimo con Ashley. Riuscirai a sopportarlo ancora per un po'?"

"Certo, se non dovrò parlargli." Lei sorrise. "Devo sdraiarmi. Sono esausta."

"Ok, Ash. Ci vediamo a casa."

Mentre George e Lois li superavano, George li guardò e disse: "Ricordati che domani la scuola è aperta."

CAPITOLO DICIOTTO

TORNANDO A CASA, Linda gli chiese cosa volesse da Ashley. Le disse che si sentiva ancora teso e voleva dissipare un po' di energia per poter dormire. Avrebbe anche risposto a tutte le domande quella sera, così non avrebbe dovuto affrontarle il giorno dopo. Lei gli disse che la attirava di più sdraiarsi su un letto.

"Stai bene? Dev'essere stata dura per te."

"Fritz, se tu avessi passato un po' di tempo con le persone che hai salvato, sapresti che non mi dispiace. Quei bambini erano spaventati a morte. Finché non siamo arrivati noi, si aspettavano di essere uccisi. Hai visto. Soprattutto donne e bambini, anche vecchi. La maggior parte degli uomini stavano combattendo. Non sanno cosa li aspetta. Vorrei solo che qualcuno trovasse un modo per porre fine a questa follia. È successo per tutta la mia vita. Anche più a lungo. Molto, molto di più."

"Ecco perché sono ambivalente sul portale, Lin. Da una parte, è stato distruttivo. Dall'altra, credo che abbia fatto un gran bene. Ma una cosa è certa, mi impedisce di preparare il nuovo materiale per le mie lezioni. Ho bisogno di un giorno libero."

Quando arrivarono a casa, Linda andò in camera da letto. Fritz e Ashley si sedettero in cucina. Fritz versò delle bibite.

179

"Hai qualcosa da mangiare? Non ho cenato", disse Ashley.

"Dimenticavo. Nessuno di noi l'ha fatto. Credo che mangeremo il pollo domani. In frigo dovresti trovare del prosciutto, del tacchino e delle fette di formaggio. Vado a chiedere a Lin se vuole qualcosa."

"Vuoi un panino?"

"Sì. Torno subito."

Quando Fritz ritornò, disse ad Ashley che anche Linda ne voleva uno. Le portò il primo e Ashley ne preparò un altro per Fritz, che lui prese quando ritornò.

"Grazie, Ash. Lin ha detto di darti la buonanotte. È molto stanca ed è stata in piedi quasi tutta la notte." Diede un morso al panino. "Come sta Jane?"

Le hanno sparato al braccio sinistro, vicino alla spalla; quello è l'unico proiettile che ha fatto dei danni. Il kevlar ne ha fermati una mezza dozzina. Ma è stata sbalzata contro un muro e ha battuto la testa. Ha un grosso bernoccolo. I punti si sono aperti, il vestito ha assorbito la maggior parte del sangue, ma le ha inzuppato perfino le gambe ed i capelli. Un sanguinoso casino. Prima che la ricucissero, ha usato il mio telefono per chiamare l'aeroporto e metterli tutti in azione. Hanno dovuto addormentarla per farla smettere. Credo che dovrà comprarsi un vestito nuovo."

"Ash, questo portale si sta trasformando in un incubo."

"Ha avuto i suoi vantaggi."

Fritz notò il sogghigno di Ashley. Non un sorrisetto, non un sorriso. Quasi di gratitudine, ma molto diverso. I suoi occhi erano felici, ma non maliziosi. Fritz decise di non approfondire, non ancora. "Potrei sopportarlo, se non saltasse fuori una nuova crisi ogni giorno. Spero che possiamo stare un po' tranquilli. Mi sembra quasi che quel portale appartenga al presidente. Non dormo bene da questa primavera."

"Stai facendo pratica. Molto presto, non dormirai per niente. Tutto questo esercizio ti sta preparando ai cambi di pannolini e alle poppate notturne. So di averti detto di non usarlo, Fritz, ma penso che possa essere molto più importante di quanto abbiamo immaginato. Solo che tenerlo segreto sarà molto difficile."

"Stasera è successa una cosa strana. Hai notato? Col portale aperto, non riuscivamo a vedere dentro. Quando Jane è entrata, abbiamo visto solo le sue gambe. Però potevamo vedere lo Studio Ovale quando il presidente se n'è andato. Mi chiedo perché."

Ashley guardò il soffitto. "Tiro a indovinare. Quando i soldati erano nel portale, avevamo due punti d'entrata. Potrebbe essere per quello. Come a Naria."

"Quando i coloni stavano arrivando, potevamo vedere dentro fra i lampi. Quando se ne sono andati e la loro uscita ha rallentato, perché si fermavano ad abbracciare il primo ministro, era di nuovo nero. Forse i piedi che attraversano la soglia c'entrano qualcosa."

"Mi chiedo quante persone stiano avendo questa conversazione, ora."

Fritz ignorò la battuta di Ash. "È una cosa seria, Ash, ora è diventato internazionale. Spero che non vogliano usarlo anche gli israeliani."

"Domani ne sapremo di più", disse Ashley. "Mi chiedo se stanotte il presidente riuscirà a dormire. Io non sono sicuro di riuscirci."

"Io ce la farò. Sto letteralmente dormendo in piedi. Mangiamo, poi potrai andare a casa."

"Tieni il cappello, che fretta hai?" chiese Ashley, poi diede un morso al panino. "Tu e Linda dovete parlare. È preoccupata: il bambino, il suo lavoro, la scuola e soprattutto le tue avventure. O dovremmo dire che ciò di cui ha paura sono le disavventure. Le sue paure non sono irragionevoli. Non avrei dovuto dirle nulla su dove siamo andati, quando siamo stati a Parigi."

"Lo so. Non voglio turbarla, ma sono ansioso anch'io. Comunque mi piace andare a trovare Lee. Forse sono un irresponsabile. Non sappiamo se i nostri viaggi cambiano la storia e, se anche lo fanno, magari la cambiano per il meglio. Anche se magari potremmo impedire la nostra nascita. Comunque, il nostro viaggio a Parigi è stato, beh, divertente. Non credi?"

"Certo. La considererò la tua ultima bravata immatura prima che tu diventi un padre esemplare. Ma se Linda divorzierà da te, avrò io la precedenza. Non dovrà preoccuparsi per me. Quando si apre la porta della mia classe, è solo per le attività didattiche."

"Vai a casa."

"COSA?" CHIESE L'UOMO. Seduto alla scrivania, ascoltò il rapporto. "In che senso, solo corpi? Com'è possibile che non ci sia nessuno nell'edificio?"

FRITZ E ASHLEY tennero a fatica le lezioni del giovedì. Fritz sbadigliò per tutto il giorno, ma aveva preparato abbastanza le sue lezioni da riuscire a cavarsela. Durante la notte, un ciclone autunnale si era scontrato con una lenta perturbazione proveniente dall'Indiana. La tempesta perfetta riempì la giornata di tuoni e fulmini continui. Alcuni insegnanti commentarono che una tempesta così terribile non si vedeva da anni. *Terribile? Adoro questo tempo.* A fine giornata, Fritz aveva già piazzato la graffetta. Fece uscire i ragazzi del primo anno e aspettò che il corridoio si sgombrasse. Ashley rimase in corridoio a guardare.

Fritz fece cenno ad Ashley di unirsi a lui. "Vuoi andare da Lee?"

"Non ne hai avuto abbastanza questa settimana?"

"Significa che non vuoi venire?"

"Certo. Ma cosa gli dirai?"

"Non lo so, ma mi verrà in mente qualcosa."

Fritz toccò la maniglia. Sorrise, aprì la porta e varcò la soglia assieme ad Ashley, entrando nell'ufficio di Robert E. Lee. Il generale alzò lo sguardo e, con voce accogliente, disse: "Signor Russell, signor Gilbert, che piacere rivedervi. Prego, sedetevi."

"Grazie, Generale."

"Signor Russell, ho una domanda. Stiamo cambiando la storia?"

Lightning Source UK Ltd.
Milton Keynes UK
UKHW012115061120
372956UK00001B/102